秋灯琐忆

译注

〔清〕蒋　坦　著
周海鸣　译注

浙江古籍出版社

图书在版编目（CIP）数据

秋灯琐忆译注 /（清）蒋坦著；周海鸣译注．— 杭州：浙江古籍出版社，2022.6

ISBN 978-7-5540-1993-1

Ⅰ．①秋… Ⅱ．①蒋… ②周… Ⅲ．①古典散文—散文集—中国—清代②《秋灯琐忆》—译文③《秋灯琐忆》—注释 Ⅳ．① I264.9

中国版本图书馆 CIP 数据核字（2021）第 026481 号

秋灯琐忆译注

（清）蒋坦　著　　周海鸣　译注

出版发行　浙江古籍出版社

（杭州体育场路 347 号　电话：0571-85176986）

网　　址　https://zjgj.zjcbcm.com

责任编辑　刘　蔚

文字编辑　周　密

彩色插画　羊惘以

责任校对　吴颖胤

装帧设计　吴思璐

责任印务　楼浩凯

照　　排　杭州立飞图文制作有限公司

印　　刷　浙江全能工艺美术印刷有限公司

开　　本　880mm × 1230mm　1/32

印　　张　4.125　　插　页　4

字　　数　97 千字

版　　次　2022 年 6 月第 1 版

印　　次　2022 年 6 月第 1 次印刷

书　　号　ISBN 978-7-5540-1993-1

定　　价　25.00 元

蒋坦小像（清·任熊画）

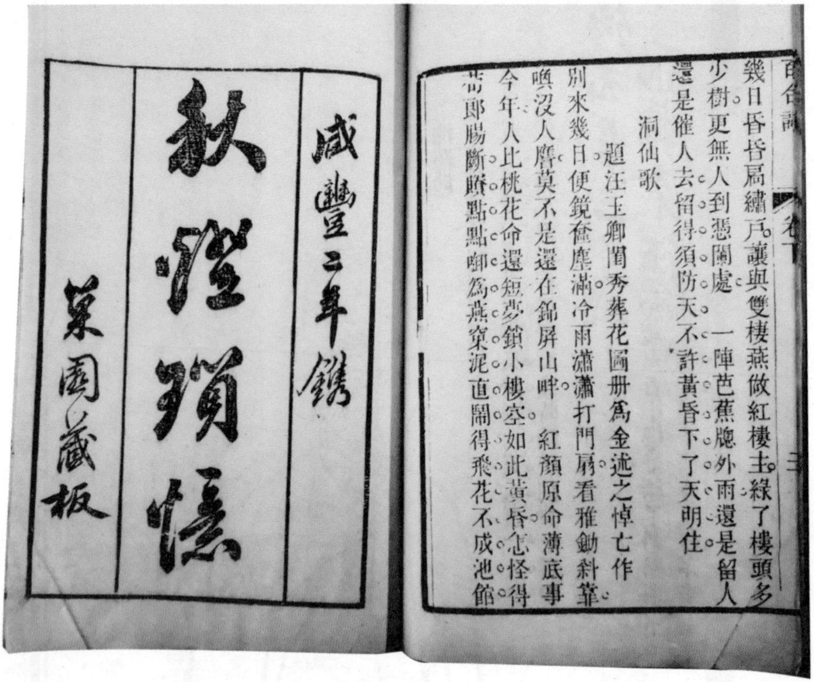

咸豐二年鐫

秋燈瑣憶

某園藏板

百合詞 卷下 三

幾日昏昏扃繡戶。讓與雙棲燕做紅樓主。綠了樓頭多少樹。更無人到憑闌處。一陣芭蕉牕外雨。還是留人還是催人去。留得須防天不許。黃昏下了天明住。

洞仙歌

題汪玉卿閨秀葬花圖冊為金述之悼亡作

別來幾日。便鏡奩塵滿。冷雨瀟瀟打門扇。看雅鋤斜箠。嗔沒人憐。莫不是還在錦屏山畔。紅顏原命薄。底事今年人比桃花命還短。夢鎖小樓空。如此黃昏。怎怪得荷郎腸斷。賸點點啣為燕巢泥。直鬧得飛花不成池館

《秋灯琐忆》书影（咸丰二年蒋坦私刻本）

秋月正佳，秋芙命雏鬟负琴，放舟两湖荷芰之间。时余自西溪归，及门，秋芙先出，因买瓜皮迹之，相遇于苏堤第二桥下。秋芙方鼓琴作《汉宫秋怨》曲，余为披襟而听。

余为秋美制梅花画衣，香雪满身，望之如绿萼仙人，翩然尘世。每当春暮，翠袖凭栏，鬓边蝴蝶，犹栩栩然不知东风之既去也。

秋芙所种芭蕉，已叶大成阴，荫蔽帘幙。秋来雨风滴沥，枕上闻之，心与俱碎。一日，余戏题断句叶上云：“是谁多事种芭蕉，早也潇潇，晚也潇潇。”

秋芙方戴梅花鬓翘，虬枝在檐，遽为攫去，余为摘枝上花补之。

前　言

三年前，偶然翻到了《秋灯琐忆》一书，当时只觉得书中的文字颇美，书中的男子深情，书中的女子可爱，此文是明清散文中一道很是可口的餐前小点。再读之下，又觉得如品一杯上好的清茶，初时平淡，但随着时间的推移，对此书的理解越发透彻和深刻，那股清香便渐渐充溢于唇齿之间，沁入心脾，徘徊久之而不能去。

于是，便下决心来译注这篇散文。这起初其实只是我出于对《秋灯琐忆》的喜爱而进行的一种自娱之举，并没有出版的打算，所以我的译笔率性而成，有一些自我诠释之处。这确确实实本是一部孤芳自赏之作。

以下是我刚开始翻译此文时的篇首语：

《秋灯琐忆》是清末钱塘人蒋坦写给妻子关瑛（字秋芙）的一篇散文，极美，前人已经作了信、达、雅的译本，我就不照实译了，算作练笔吧。散文的时间线看起来有点乱，是因为这篇文章的段落是蒋坦在其不同时期写下的，每一段文字都是当时的蒋坦对爱妻秋芙的一段回忆。题外话，作为一个乱离人，蒋坦的下场极惨，风流文字，亦敌不过升米棉衣；作为一条太平犬，我还能敲敲键盘，写几个不知所云的文字，幸甚。

后来机缘巧合之下，我得到了同人的大力帮助，遂得以在补充了一些资料、校正了一些差错后，将这部自娱之作整理成文。其间参考了一些自民国至当代出版的有关《秋灯琐忆》的书籍，详细的参考书目会在后文中列出。

这于我而言未尝不是一件幸事。我一直以为，能够单纯且执着地去做一件事，是一件快乐且幸运的事。周瘦鹃先生一生爱花，曾称自己为种花人，而我这不腆之人或可称得上做书人。做书人的目的于我而言很单纯，我只想将书中优美的文字和诚挚的情感分享与诸君，让诸君和我一样，在这絮絮的文字中体味到平凡爱情的一丝真意。

一、明清忆语体散文

宽泛地来说，在古典文学中，散文只是与韵文相对立的一个概念。韵文基本上会遵循一定的规则，例如韵律、格律和排偶，而散文的形式则要灵活很多。散文的文体在中国古典文学史上，有两次重要的变革运动，一即以唐宋八大家为主而倡议的古文运动，一扫六朝以来以骈文为主的浮艳绮靡之风；一即以明朝前后七子为主而倡议的复古运动，文必秦汉，诗必盛唐，反对当时流行于文坛的八股文和台阁体。

这两项运动无疑对散文的发展起到了积极的推进作用。自明朝以来，散文的文体和形式越发多样化，优秀的散文层出不穷。譬如张岱的《陶庵梦忆》《西湖梦寻》等，至今仍然颇受读者欢迎。

而以沈复的《浮生六记》为代表的忆语体散文无疑可以算作其中的一朵奇葩。忆语体是文人因思念亲友，采日常生活中的一些事迹撰写而成的散文集，或可以称之为有同一主题的小品文的合集。这些文章大多为悼亡之作，比如沈复的《浮生六记》、冒襄的《影梅庵忆语》和陈裴之的《香畹楼忆语》。但是蒋坦的《秋灯琐忆》一书，是其在秋芙生前所写，并于咸丰二年（1852）自行付梓。秋芙于咸丰七年（1857）去世后，蒋坦将秋芙的诗集、自己的悼亡诗《愁鸾集》与《秋灯琐忆》合刊为《三十六芙蓉馆诗存》。其中《秋灯琐忆》与咸丰二年刊刻的版本相比，只是略略改动了一些字词，内容并无出入，无一字为悼亡的内容。

忆语体散文因其主要记载的是夫妇之间的一些琐事，以及日常生活中的一些宴饮游乐之事，与其他明清散文体裁相比，更为贴近当时的士人生活，家长里短之气跃然纸上。不过，这些忆语体散文的风格却是各不相同的。

冒辟疆是明末清初寓居在扬州的一代大儒，他和故事的女主人公董小宛俱是才情卓绝之辈，然冒辟疆傲骨峥嵘，文人习性太重，董小宛在书中的形象完美得不太真实，并非我理想中的爱情。沈复是清朝中叶生活在苏州的一介白丁，一生坎坷，妻子和儿子均先他离世，而芸娘亦是一个有些许才情的寻常女子，他们的感情是平淡冲和且动人的。陈裴之和沈复所生活的时代大致相同，他出生于钱塘的书香门第，其父陈文述在诗坛名闻遐迩，其妻汪端是清朝有名的女诗人之一，论才情，当不在其夫之下。然陈裴之仿《影梅庵忆语》所写的《香畹楼忆语》的主人公是其妾室紫姬，而我又私以为陈裴之在四人当中是最为俗气之人。

以上褒贬之语皆是我一己之言，或许并无太多参考的价值，每个人读书的时候当有不同的感受。我其实主要是想说明，因为时代的不同、身份的不同、居处的不同、个性的不同，每部忆语体作品其实是大不相同的，但有两点它们是共通的，它们都确实地反映了时代和地域的特色，以及当时士人阶层的生活状况；它们都真挚地体现了作者对于爱人的不舍和牵念。

二、关于本书的底本、参考书目、译文和注释

此次译注所用的底本是咸丰二年蒋坦私刻本，扉页上题："咸丰二年镌，秋灯琐忆，巢园藏板。"并参校以上海大东书局1931年版《秋灯琐忆》。周瘦鹃先生为此书作《秋灯琐忆赘言》，颇道出了一些意味，兹录部分于下：

自冒襄氏为了追悼爱姬董小宛，作《影梅庵忆语》，于是忆语的公式，总是为了悼亡而作，陈朗玉的《香畹楼忆语》，即是一个例子。钱塘词家蒋蔼卿的《秋灯琐忆》，也是忆语体的文字，却打破了为悼亡而作的公式，偏是在所爱者生存时作的。——所以我们读别的忆语时，总觉得行墨间涕泪纵横，凄动心脾，真有不堪卒读之概！而读了《秋灯琐忆》，那就不然；心中只是艳羡他们的闺中清福，一些儿不会发生悲感。至于情事的隽妙，文字的俊逸，也不在《影梅庵》《香畹楼》之下；更足矜贵的，《影梅》《香畹》都为爱姬而作，而《秋灯琐忆》的主人，却是正正当当的结发爱妻。

至于译文、注释和一些相关的背景资料，则参考了以下一些书目：蒋坦《息影庵初存诗》（咸丰二年私刻本），关锳《三十六芙蓉馆诗存》（咸丰七年私刻本），丁丙辑《西湖杂诗》《扬清祠志》合刊本（《武林掌故丛编》本，光绪七年刊刻），丁申、丁丙《国朝杭郡诗三辑》（光绪十九年刻本），徐世昌《晚晴簃诗汇》（中华书局 1990 年版），金性尧、金文男注《浮生六记（外三种）》（上海古籍出版社 2000 年版），郑发楚《西溪蒋坦与〈秋灯琐忆〉》（杭州出版社 2012 年版），冒襄、陈裴之、蒋坦《忆语三种》（人民文学出版社 2017 年版），朱隐山译注《秋灯琐忆》（天津人民出版社 2019 年版），等等。

此外，本书附录的魏滋伯序《秋灯琐忆》为咸丰二年刻本原序；陈继聪《忠义纪闻录·蒋文学传》，以及《西湖杂诗》丁丙序，摘自丁丙辑《西湖杂诗》《扬清祠志》合刊本;《息影庵初存诗》跋摘自《顾廷龙文集》（北京图书馆出版社和上海科学技术文献出版社 2002 年版）;《愁鸾集》蒋坦自序,出自咸丰七年《愁鸾集》私刻本;周可宗绘、秦云题词《秋芙夫人写经图》，和黄金台《木鸡书屋文五集·女士关秋芙》，均出自郑发楚《西溪蒋坦与〈秋灯琐忆〉》附录之书影，蒋坦的谱系和年表也参考了郑发楚《西溪蒋坦与〈秋灯琐忆〉》附录之年谱。想起数年前和郑发楚老先生在杭州出版社中还有过一面之缘，彼时尚未读过《秋灯琐忆》，此时却能享用到前人手植树木下的阴凉，心中不免有些感慨。

陈继聪的《蒋文学传》，丁丙的《西湖杂诗》序，马瑛、边瀹慈、顾廷龙的《息影庵初存诗》跋，均从不同侧面描述了蒋坦的生平以及文学成就，尤其是陈继聪的《蒋文学传》和马瑛的《息影庵初存诗》跋对秋芙去世后蒋坦的凄清生活描述甚详，故一并录于此书中。黄金台的《关秋芙女士传》，为蒋坦托黄金台所作的一篇秋芙小传，虽为四六骈文，佶屈聱牙，征引繁杂，但对于读者了解秋芙其人还是有所助益。蒋坦的《愁鸾集》是蒋坦的八十首悼亡诗集，其自序暨祭文为四字韵文，如能体悟，当能感受到文字中流淌的那般撕心裂肺、痛彻心扉的思念之情。以上几篇一并注之，或有资于阅读《秋灯琐忆》，就不算是无用功了。此外，附录中还附有我自己撰写的蒋坦和秋芙的小传，并没有侧重于介绍他们俩的生平，主要是抒发我个人对他们俩命运的一些感想。

关于译文。我一直以为翻译古文是比普通的外文翻译更为让人头疼的事。清末学者严复讲翻译要“信、达、雅”，这主要是针对将中文译成外文，或者将外文译成中文。而将古文译成现代文，用更通俗的语言演绎作品，肯定是要遵循“信、达”二字。要确保白话译文尽可能地准确，不能曲解文意，不能不尊重古代的一些常识，不能在原文之外过分地添油加醋。自行添加细节或情节，偶尔为之或许尚可，可以在某种程度上缓解古文翻译的生硬感，展现作者对于古文的独特理解和独特视角，但滥用则背离了翻译的本意，且自行添加的内容要在书中加以说明。

至于“雅”，是最难做到的一点。流传下来的古文名作，大多在“雅”字上已经做到了极致。我们在翻译时，大多数时候都在极力避免破坏原文的韵味，能做到不粗陋鄙俗已经是殊为难得了，要做到与原文一般“雅”，实在是难如登天。譬如四六对仗，如译文也要追求两两对偶，往往就会显得不伦不类，拗口不通。所以，我想，翻译这种类型的古文，是不是可以将其当作一次站在前人肩膀上的二次创作？添加详尽的注释，在不致使读者对原文产生误解的情况下，用适合译者自己风格的语言再度诠释古文名篇，是不是要比机械死板地照直翻译更为容易让读者所接受，更有利于古文名篇的推广？

关于注释。其实忆语体散文并非十分难懂的古文文体，加之有译文可以对照，所以我并未对字词作出太多注释，主要注释了文中的典故、人物、地名、时间和一些其他背景资料。由于《秋灯琐忆》这篇文章每一两段叙述的都是一些独立的事件，前后文并无太多的关联性，故我将有关联的段落的原文、译文和注释放在一起，方便读者更好地阅读、比对原文和译文。

译注一事本来不易，文中谬误缺漏之处肯定是存在的。我参照了许多前人的注本，以及近期出版的一些译注本，并翻阅了大量其他相关资料，在查漏补缺一事上已是勉力为之。虽然《秋灯琐忆》不算古奥，但也确实存在一些容易产生误解的字词。例如其中有一句诗云："箧为频搜卿有意，裈犹可挂我何惭。"某译注本对"挂裈"的注释是司马相如着犊鼻裈当垆卖酒，事实上这里用的是阮咸于七月七日以竿挂犊鼻裈于庭的典故。又，某译注本注文中"方平鞭背"典，称方平为王远，这倒是没错，但是又说王远为鬼王，这就未免牵强了。在酆都飞升并非就是成了鬼王，飞升成仙，而非入地成鬼。且此译注本并未注之后"鞭背"之典，事实上，葛洪的《神仙传·王远》中对"方平鞭背"典有着明确的记载。我说这些，并非是对同行横加指责，我的译注本也未尝不会出现类似的差错，世界上本就不存在完美的事物，我所能做的只能是在能力范围内尽力而为。

以上就是我译注《秋灯琐忆》的本末。关于我对《秋灯琐忆》书中内容的感想，此处就不再赘言，另附一篇《秋灯琐忆》赏鉴于文后。想起在青灯下虚掷的这许多时光，若能使得一人对这可爱可叹的文字敬之爱之，就不算枉费了。

花枝朵朵不禁秋，只恐红颜易老、去难留。的确，美好的事物总是短暂的，这纷扰的尘世中，熙攘喧嚣才是不变的主旋律。但美好的事物又总是永恒的，无论时代如何变迁，在大多数人的内心深处，总会对美好的事物存着一份渴望和希冀，而爱情则是其中最为珍贵的明珠之一。

我想和蒋坦、秋芙一样，用一辈子去守护一个人，如此，我便得到了一个世界。

韶华易逝，唯情不老。

目　录

【一】

道光癸卯闰秋[①]，秋芙来归。漏三下[②]，臧获皆寝[③]。秋芙绾堕马髻[④]，衣红绡之衣，灯莲[⑤]影中，欢笑弥畅，历言小年嬉戏之事。渐及诗词，余苦木舌，挢不能下[⑥]，因忆昔年有传闻其《初冬诗》云“雪压层檐重，风欺半臂单”[⑦]，余初疑为阿翘假托[⑧]，至是始信。于时桂帐虫飞，倦不成寐。盆中素馨，香气滃然，流袭枕簟。秋芙请联句，以观余才，余亦欲试秋芙之诗，遂欣然诺之。余首赋云“翠被鸳鸯夜”，秋芙续云

---

① 即道光二十三年，公元1843年。

② 漏，即漏壶、漏刻，古代一种滴水以计时的仪器。古代以滴漏计时，夜间凭漏刻传更。漏三下，漏刻的水面三次落下，即三更，指半夜十一时至翌晨一时。

③ 臧获，即奴婢。

④ 堕马髻，古代妇女的发髻式样，因将发髻置于一侧，呈似堕非堕之状，故名。

⑤ 灯莲，即灯莲烛，金饰莲花形灯烛。清袁枚《随园诗话》卷一：“才子扫眉宜赤管，洞房停烛有金莲。”

⑥ 挢舌即张口结舌意，形容人惊讶的样子。

⑦ 半臂是古时候的一种上衣，据沈从文《中国古代服饰研究》：“半臂又称半袖，是从魏晋以来上襦发展而出的一种无领（或翻领）、对襟（或套头）短外衣，它的特征是袖长及肘，身长及腰。”半臂在清代时可能已经演变成类似坎肩或背心的无袖或短袖的上衣。清代徐珂《清稗类钞》：“半臂，汉时名绣裙，即今之坎肩也，又名背心。”

⑧ 阿翘，即沈阿翘，唐文宗时宫女，善歌舞和唱曲。此处以阿翘指代伶人。

“红云蠟蝩楼。花迎纱幔月”，余次续云“人觉枕函秋”。[①] 犹欲再续，而檐月暧斜[②]，邻钟徐动，户外小鬟已啁啁来促晓妆矣，余乃阁笔而起。

【译文】

道光癸卯年闰秋，秋芙嫁至我家。三更时分，家中奴婢皆已睡下，秋芙却还梳着堕马髻，穿着红色薄绸嫁衣，在金莲烛影中欢笑着与我畅谈少年时我俩之间的嬉耍乐事。谈及诗词的时候，我因对秋芙的诗才十分惊讶且钦佩，竟一时语塞。往昔曾听人说秋芙作了一首《初冬诗》，内中有“雪压层檐重，风欺半臂单”的佳句，我还以为是伶人假托秋芙之名而作，现在我才相信，这的确是秋芙自己写的。

房中蚊虫滋扰，我俩已经是疲累得睡不着了。花盆中素馨花的芬芳蒸腾弥漫，萦绕着新房中的枕席。秋芙想一探我的才具，遂邀我联句。我也想看看秋芙的诗才到底几何，便欣然允诺。我拿起纸笔写下了首句诗“翠被鸳鸯夜”，秋芙续道“红云蠟蝩楼。花迎纱缦夜”，我接着续道“人觉枕函秋”。我俩诗兴正浓，还待再续，此时屋檐下的月亮正羞赧地退去，邻近的晨钟缓缓敲响，而门外的小丫鬟却来催促秋芙晨起梳妆打扮了，于是我搁下手中的墨笔起身。

---

① 红云，此处形容红盖头。蠟蝩，即蝙蝠，此处指嫁衣上的蝙蝠图案。蝠谐音“福”，寓意福气。枕函，内中可以藏物的枕头。这首五绝每句以意象三三相对，翠被、鸳鸯、夜对红云、蠟蝩、楼，花、纱幔、夜对人、枕函、秋，既工整又应景，以即兴之作而论，殊为难得。

② 暧，本义为昏暗不明的样子。《晏子春秋》：“星之昭昭，不如月之暧暧。”此处指天将亮之际，月亮不似夜晚那般明亮，渐渐在空中隐去。斜，谓月亮缓缓西斜落下。

【二】

数日不入巢园[①]，阴廊之间，渐有苔色，因感赋二绝云："一觉红蕤[②]梦，朝来记不真。昨宵风露重，忆否忍寒人？""镜槛无人拂，房栊久不开。[③]欲言相忆处，户下有青苔。"时秋芙归宁三十五日矣。群季青绫[④]，兴应不浅，亦忆夜深有人尚徘徊风露下否？

【译文】

我已数日没有走进巢园，廊庑的背阴面，已渐生苔藓。我有感而发，赋了两首五绝："一觉红蕤梦，朝来记不真。昨宵风露重，忆否忍寒人？""镜槛无人拂，房栊久不开。欲言相忆处，户下有青苔。"秋芙回娘家已有三十五日了。想必，此时她正与弟妹们在房中相谈甚欢。她是否会想起，夜深时还有一人在月下的风露中独自徘徊？

---

① 巢园是蒋坦父亲蒋焜在嘉庆二十四年（1819）于西湖边营建的别墅，内有夕阳红半楼、枕湖吟馆等建筑。蒋坦和秋芙于婚后移居巢园。

② 红蕤，即传说中的仙枕。据唐代张读《宣室志》卷六记载，玉清宫有三宝——碧瑶杯、红蕤枕和紫玉函。红蕤枕似玉微红，有纹如粟。后世亦以"红蕤枕"借指绣枕。

③ 镜槛，即镜台，带镜子的梳妆台。房栊，即窗棂，窗格，这里借指窗。

④ 群季，即诸弟妹。古时兄弟姐妹排行，以伯、仲、叔、季为序，季为最小。青绫，青色的有花纹的丝织物，古时贵族常用以制被服帷帐，此处指代床帏。

【三】

秋芙之琴，半出余授。入秋以来，因病废辍。既起，指法渐疏，强为理习，乃与弹于夕阳红半楼[①]上。调弦既久，高不成音，再调则当五徽[②]而绝。秋芙索上[③]新弦，忽烟雾迷空，窗纸欲黑。下楼视之，知雏鬟不戒，火延幔帷。童仆扑之始灭。乃知猝断之弦，其谶不远。况五，火数也[④]，应徽而绝，琴其语我乎？

【译文】

秋芙的琴技，多半是我教授的。入秋以来，秋芙因病荒废了琴技，病愈后，指法有些许生疏。她勉力温习，和我一起在夕阳红半楼上弹琴。我们调弦了很久，高音始终不对，最后琴弦竟从五徽处断了。秋芙为琴换上新弦时，突然窗外浓烟密布，将窗纸都熏染成了黑色。我下楼查看，才知道原来是小丫鬟不小心烧着了帷幔。火被童仆们扑灭。这猝断之弦的征兆，竟然应验得如此神速。五是代表火的数字，琴弦在五徽处断绝，莫非是这琴想告诉我，将要发生火灾了吗？

---

① 夕阳红半楼，在蒋家西湖边别墅巢园之中。

② 徽，本指系琴弦的绳，后亦指七弦琴琴面十三个指示音节的标识。五徽，约在整根琴弦的三分之一处。

③ 索上，换弦的动作，索弦即紧弦。屈原《离骚》：“矫菌桂以纫蕙兮，索胡绳之纚纚。”

④ 传说中，上古时圣人燧人氏以五种木材钻木取火，成为华夏文明人工取火的发明者。战国尸佼《尸子》云：“燧人上观星辰，下察五木以为火。”又《隋书·王劭传》：“伏愿远遵先圣，于五时取五木以变火。”

【四】

秋芙以金盆捣戎葵叶汁，杂于云母之粉，用纸拖染，其色蔚绿，虽澄心之制[①]，无以过之。曾为余录《西湖百咏》，惜为郭季虎[②]携去。季虎为余题《秋林著书图》云："诗成不用苔笺写，笑索兰闺手细钞。"[③]即指此也。秋芙向不工书，自游魏滋伯[④]、吴黟山[⑤]两丈之门，始学为晋唐格。惜病后目力较差，不能常事笔墨。然间作数字，犹是秀媚可人。

【译文】

秋芙将戎葵的叶子在金盆中捣成汁液，再加入云母粉，然后拖染于宣纸之上。此法炮制的宣纸，色泽蔚绿，可与澄心堂纸相媲美。秋芙曾在这纸上抄写了我的《西湖百咏》，可惜后来被郭季虎带走了。季虎在我的《秋林著书图》上题字云："诗成不用苔笺写，笑索兰闺手细钞。"便是指此。秋芙早先不甚擅长书法，后来她学书于魏滋伯、吴黟山这两位长辈门下，其书法渐渐有晋唐法度。可惜，后来秋芙因病目力欠佳，不能常常习书。但她偶尔写下的寥寥数字，还是秀媚可人。

---

① 澄心堂纸，古徽州（治所在今安徽歙县徽城镇）出产的名纸，因南唐后主李煜以其祖父南唐烈祖李昪所造澄心堂藏纸而得名。

② 郭季虎，名凤梁，字季虎，道光年间长洲（今江苏苏州）人，工书。

③ 苔笺，苔纸制成的小笺。苔纸是用水苔制成的纸，又称侧理纸。兰闺，本是对女子居室的雅称，又可指代女子，此处指秋芙。

④ 魏滋伯，名谦升，字滋伯，一字雨人，道光年间仁和（今浙江杭州）人，工书善诗。

⑤ 吴黟山，名冕，字黟山，安徽歙县（今属安徽黄山市）人，工书。

【五】

夏夜苦热，秋芙约游理安[①]。甫出门，雷声殷殷，狂飙疾作。仆夫请回车，余以游兴方炽，强趣之行。未及南屏，而黑云四垂，山川瞑合。俄见白光如练，出独秀峰顶，经天丈余，雨下如注，乃止大松树下。雨霁更行，觉竹风骚骚，万翠浓滴，两山如残妆美人，蹙黛垂眉[②]，秀可餐食。余与秋芙且观且行，不知衣袂之既湿也。时月楂开士[③]主讲理安寺席，留饭伊蒲[④]，并以所绘白莲画帧见贻。秋芙题诗其上，有"空到色香何有相，若离文字岂能禅"[⑤]之句。茶话既洽，复由杨梅坞至石屋洞[⑥]，洞中乱石排拱，几案俨然。秋芙安琴磐磴，鼓《平沙落雁》之操。归云滃然，涧水互答，此时相对，几忘我两人犹生尘世间也。俄而残暑渐收，瞑烟四起，回车里许，已月上苏堤杨柳梢矣。是日，屋漏床前，窗户皆湿。童仆以重门锁扃，未获入视。倏归，已蝶帐蚊橱，半为泽国，呼小婢以篝笼[⑦]熨之，五鼓[⑧]始睡。

---

① 理安寺，今位于杭州九溪风景区杨梅岭村古道旁。

② 黛，本指古代女子用来画眉的青黑色的颜料，此处指代眉毛。蹙黛，即皱眉。

③ 开士，本指菩萨，后也用作对僧人的尊称。月楂开士，不详何人。

④ 伊蒲，即伊蒲馔、伊蒲供，素食，斋饭。

⑤ 佛教语，色即一切事物的存在，相即事物的表象，空即空无。《般若波罗蜜多心经》云："空即是色，色即是空。"即空、色是互通的。

⑥ 杨梅坞，即今杭州西湖区西湖街道杨梅岭村一带，因旧时坞内盛产杨梅，故称杨梅坞。石屋洞，与水乐洞、烟霞洞并称西湖边烟霞岭上的"烟霞三洞"。

⑦ 篝笼，罩在火炉上的竹笼。

⑧ 五鼓，即五更，天将亮之时，凌晨五时左右。

【译文】

夏夜酷热难熬，秋芙约我同游理安寺。刚一出门，雷声轰轰，狂风大作。车夫请求回府，我却游兴正浓，不肯回转。还没到南屏山，乌云已密布于苍穹，山川在暝曚中融为一体。突然一道丈余如练白光从独秀峰顶劈落，随后雨下如注。无奈，我们只能停车在一棵大松树下避雨。

天晴后，我们驱车再行，竹间凉风习习，万竹苍翠欲滴，径旁两山如残妆美人，蹙黛垂眉，秀色可餐。我和秋芙且观且行，浑不知衣袂已湿。当时，月楂开士主理安寺讲席。他留我们在寺中用斋饭，并以所绘白莲相赠。秋芙题诗于画上，有“空到色香何有相，若离文字岂能禅”之句。

我们与月楂开士茶话毕，又经杨梅坞到了石屋洞中。洞中乱石排列森然，宛如几案。秋芙将琴安放于巨石之上，弹起了《平沙落雁》之曲。洞中云气滃然，琴声与涧水之声相合互答，我与秋芙相对而坐，物我两忘，恍惚间仿佛出脱了这烦扰之尘世。

不知不觉间残存的暑气渐渐退去，烟霭四起。我们在回程的路上行车了里许，月儿已经爬上苏堤的柳梢了。日间，居所屋顶破漏，雨水从床前滴漏而下，窗户亦尽被打湿。因居所的大门被锁住了，童仆们无法入内查看。我们回到家中时，床帐和橱柜中已布满了蚊虫，一片汪洋！我招呼小婢用筠笼熨烫床帐和被单，一直忙到五更方才入睡。

【六】

秋芙喜绘牡丹，而下笔颇自矜重。嗣从老友杨渚白[①]游，活色生香，遂入南田[②]之室。时同人中寓余草堂及晨夕过从者，有钱文涛、费子苕、严文樵、焦仲梅诸人[③]，品叶评花，弥日不倦。既而钱去杨死，焦严诸人各归故乡。秋芙亦以盐米事烦，弃置笔墨。惟余纨扇一枚，犹为诸人合画之笔，精神意态，不减当年，暇日观之，不胜宾朋零落之感。

【译文】

秋芙喜爱画牡丹，下笔颇自矜重。她随杨渚白学画后，其牡丹画活色生香，初窥恽南田之门。当时寓居在我家草堂者，以及其他与我们过从甚密的同道中人，有钱文涛、费子苕、严文樵、焦仲梅诸人。我们在一起品叶评花，终日不倦。不久后，钱文涛离去，杨渚白身故，焦仲梅、严文樵等人亦各自返乡。秋芙困于柴米油盐之事，也只能暂弃笔墨。我身边现在还有一柄绢扇，上面有一幅当日由众人共同执笔的画作。此画的精神意态，不减当年，但闲暇时细看，想到宾朋零落，不胜悲伤。

---

① 杨渚白，名澂，字渚白，道光年间杭州人，善画，初学徐桐华，后仿恽寿平。
② 恽南田，名格，字寿平，号南田。明末清初书画大家，常州画派的代表人物。
③ 四人生平不详，应以字称。

【七】

桃花为风雨所摧，零落池上，秋芙拾花瓣砌字，作《谒金门》[1]词云："春过半。花命也如春短。一夜落红吹渐满。风狂春不管。""春"字未成，而东风骤来，飘散满地，秋芙怅然。余曰："此真个'风狂春不管'矣！"相与一笑而罢。

【译文】

园中桃花被风雨所摧残，零落于池水之上。秋芙捡拾花瓣，将其堆砌为文字，作《谒金门》词："春过半。花命也如春短。一夜落红吹渐满。风狂春不管。""春"字还未堆成，忽一阵东风袭来，(吹散了堆砌的花瓣。)在飘落满地的花瓣间，秋芙怅然不乐。我对她说："这真是'风狂春不管'了啊！"我们相视而笑，此事就此作罢。

---

① 谒金门，词牌名，全词双调四十五字，前后段各四句，四仄韵。下文词句仅为上半阕。

【八】

余旧蓄一绿鹦鹉，字曰“翠娘”，呼之辄应。所诵诗句，向为侍儿秀娟所教。秀娟既嫁，翠娘饮啄常失时，日渐憔悴。一日，余起盥沐，闻帘外作细语声，恍如秀娟声吻，惊起视之，则翠娘也。杨枝①去数月矣，翠娘有知，亦忆教诗人否？

【译文】

我曾养了一只绿鹦鹉，名唤“翠娘”。每次呼其“翠娘”，它便欣然相应。它口中所诵的诗句，一直都是侍婢秀娟教的。秀娟出嫁后，翠娘没人按时喂食，日渐憔悴。一日，我起来洗漱，忽听得帘外有细语之声，好似秀娟的口吻。我十分惊奇，（掀帘一看，）原来是翠娘在学秀娟说话。此时秀娟已离去数月了，翠娘聪慧，是否也忆起了那教诗之人？

---

① 白居易有侍妾名樊素，善唱《杨枝曲》，故别名“杨枝”。后以“杨枝”泛指侍妾、婢女或思念的女子。苏轼有《朝云诗》云：“不似杨枝别乐天，恰如通德伴伶元。”上句即指白居易和其侍妾樊素，下句指汉朝伶玄和其妾樊通德。而苏轼此诗所咏之朝云，是他本人的爱妾。

【九】

秋芙每谓余云："人生百年，梦寐居半，愁病居半，襁褓垂老之日又居半，所仅存者，十一二耳。况我辈蒲柳[①]之质，犹未必百年者乎！庾兰成[②]云：'一月欢娱，得四五六日。'想亦自解语耳。"斯言信然。

【译文】

秋芙常常告诉我："人生百年，一半在睡梦中，一半在愁病中，襁褓之中和垂老之年又占去一半，剩下仅存的时光，不过十之一二罢了。何况我辈身体柔弱，还未必能活到百年！庾兰成说过，一月之中，能有四五六日的欢愉时光。想必这也只是他自我宽慰的话吧。"这世事确实如秋芙所言。

---

① 蒲柳，即水杨，一种入秋就凋零的树木。古人常以蒲柳形容轻贱或短命的人或物。

② 庾兰成，即庾信，字子山，又字兰成。北周南阳新野(今河南新野县)人。南北朝文学名家。下文庾信语出自其《对酒歌》："人生一百年，欢笑惟三五。"

【十】

平生未作百里游。甲辰[1]娥江之役，秋芙方病寒疾[2]。欲更行期，而行装既发，黄头[3]促我矣。晚渡钱江，飓风大作，隔岸越山，皆低鬟敛眉，郁郁作相对状，因忆子安[4]《滕王阁序》云："天高地迥，觉宇宙之无穷；兴尽悲来，识盈虚之有数。"[5]殊觉此身茫茫，不知当置何所。

明河在天，残灯荧荧，酒醒已五更时矣。欲呼添衣，而罗帐垂垂，四无人应。开眼视之，始知此身犹卧舟中也。

【译文】

我平生还未做过远游。甲辰年，我第一次远行去曹娥江畔，秋芙正患寒疾，不能随行。我想改变行期，然而行李已先行发出，先前约好的船夫也一直催我上路，（我只好起程。）

夜晚，我坐在钱塘江的渡船之上，江上狂风大作，两岸的山峦皆蹙眉低首，相对郁郁。此时，我想起了王勃《滕王阁序》中的一段文字："天高地迥，觉宇宙之无穷；兴尽悲来，识盈虚之有数。"苍苍天地之间，唯

---

① 道光甲辰年，即道光二十四年，公元1844年，蒋坦与秋芙婚后的第二年。
② 寒疾，指因感受寒邪所致的疾病。
③ 黄头，即黄头郎，汉代掌管船运的小吏，后泛指船夫。
④ 子安，即王勃，字子安，唐代文学家，"初唐四杰"之首。
⑤ 这是文学名篇《滕王阁序》中的名句，言宇宙无穷无尽，个人的离合悲欢，是命中注定的令人深感悲伤。盈虚，事物的兴衰消长。

余我残躯一具；茫茫江水之中，却不知身之所之。

银河在天，残灯微闪，待我酒醒时，已五更时分了。我想唤人添些衣裳，但四周只有罗帐低垂，无人相答。我睁开双眼，才又发觉，我这伶仃之身，仍卧于这叶孤舟之中。

【十一】

秋月正佳，秋芙命雏鬟负琴，放舟两湖[①]荷芰之间。时余自西溪归，及门，秋芙先出，因买瓜皮[②]迹之，相遇于苏堤第二桥[③]下。秋芙方鼓琴作《汉宫秋怨》曲[④]，余为披襟而听。斯时，四山沉烟，星月在水，[⑤]琤玐杂鸣，不知天风声、环佩声也。琴声未终，船唇已移近漪园[⑥]南岸矣。因叩白云庵门，庵尼故相识也。坐次，采池中新莲，制羹以进。香色清冽，足沁肠肺。其视世味腥膻，何止薰莸之别[⑦]。回船至段家桥[⑧]登岸，施竹簟于地，坐话良久。闻城中尘嚣声，如蝇营营，殊聒人耳。桥上石柱，为去年题诗处，近为蠙衣[⑨]剥蚀，无复

---

① 西湖被苏堤分成两部分，小的区域为北里湖，大的区域为外西湖，故又称西湖为两湖。

② 瓜皮，即瓜皮船，又称瓜皮艇，一种简陋的小木船，因船形似切开的西瓜皮，故称。

③ 西湖苏堤上有六座桥，第二桥应为锁澜桥。

④《汉宫秋怨》，应指元代戏剧家马致远所创作的杂剧《破幽梦孤雁汉宫秋》。《破幽梦孤雁汉宫秋》描写的是西汉元帝送王昭君出塞和亲的故事。

⑤ 四山沉烟，星月在水，谓四周山峰被烟霭笼罩，星月的倒影在水中荡漾。

⑥ 漪园，在雷峰塔西，今西子国宾馆西部区域。后文白云庵亦在雷峰塔西侧。

⑦ 薰莸，香草和臭草。薰莸之别，喻反差强烈。

⑧ 段家桥，即西湖名胜断桥。元代钱惟善《西湖竹枝词》其四："阿姨住近段家桥，山妒蛾眉柳妒腰。"明田汝成《西湖游览志》卷二《孤山三堤胜迹》："元时钱惟善《竹枝词》有段家桥之名，闻者哂之，以为杜撰。然杨、萨诸诗，往往亦称段桥，未可谓无证也，故两存之。"

⑨ 蠙衣，又称蛙蠙衣，即青苔。《庄子·至乐》："得水土之际，则为鼃蠙之衣。"唐代成玄英疏："青苔也。在水中若张绵，俗谓之虾蟆衣也。"

字迹。欲重书之，苦无中书[①]。其时星斗渐稀，湖气横白，听城头更鼓，已沉沉第四通[②]矣，遂携琴刺船而去。

【译文】

秋夜月色正佳，秋芙让小丫鬟背琴随行，放舟于西湖的荷花之间。我刚从西溪归来，将到家门，秋芙已先行一步。我雇了一艘瓜皮船去西湖寻她，与她相遇于苏堤的第二桥下。其时，秋芙正弹奏《汉宫秋怨》曲，于是我敞开衣襟，席地而听。此时四山沉烟，星月在水，众调杂鸣，已分不清是琴声，是水声，还是风声、环佩声。

一曲未了，船已到了漪园南岸。我们停船上岸，叩响了白云庵的大门。庵中的尼姑都是我们的旧识。坐定后，尼姑采池中新莲子，制羹招待我们。这羹色泽和香味清冽，涤人肠肚，与世俗的那些荤腥相比，何止是薰莸之别。

随后，我们坐船往回走，在段家桥边上岸。我和秋芙在地上铺上竹席，坐着聊了许久。此处临近闹市，尘世间那些纷扰的喧嚣，如苍蝇嗡嗡，殊为聒噪。段家桥上的石柱，是我去年题诗之处，近来为苔藓侵蚀，字迹已不复存在。我想再题，身旁却无笔墨。此时天上繁星渐稀，雾气如白练一般横于湖上，远处传来更鼓之声，已四更矣！于是我们携琴搭船归家。

---

① 中书，即中书君，指毛笔。唐代韩愈曾作《毛颖传》，用毛笔的别名“毛颖”命名文中的人物，而毛颖在文中被秦始皇拜为中书令，并被秦始皇称为“中书君”。故后世用“中书君”指代毛笔。

② 旧时夜间以鼓声报更，一夜有五更，四通鼓声即报四更，为刚至凌晨一时。

【十二】

余莲村[①]来游武林，以惠山泉[②]一瓮见饷。适墨僊开士主讲天目山席，亦寄头纲茶[③]来。竹炉烹饮，不啻如来滴水，遍润八万四千毛孔，初不待卢仝七碗[④]也。莲村止余草堂十有余日，剪烛论文，有逾胶漆[⑤]。惜言欢未终，饥为驱去[⑥]。树云相望[⑦]，三年于兹矣。常忆其论吴门诸子诗，极称觉阿[⑧]开士为闻见第一。觉阿以名秀才剃落佛前，

---

① 余莲村，名治，字翼廷，号莲村。江苏无锡人，清末戏曲作家。

② 惠山泉，又称陆子泉，今位于江苏省无锡市西郊惠山山麓锡惠公园内。唐代茶圣陆羽曾称其泉水用来泡茶为天下第二，公园内现在还完整地保存着元代著名书法家赵孟頫的“天下第二泉”的擘窠大字。

③ 头纲茶，指惊蛰前或清明前制成的首批贡茶。又泛指优质春茶。

④ 卢仝七碗，即指卢仝《走笔谢孟谏议寄新茶》第二部分：“一碗喉吻润，两碗破孤闷。三碗搜枯肠，唯有文字五千卷。四碗发轻汗，平生不平事，尽向毛孔散。五碗肌骨清，六碗通仙灵。七碗吃不得也，唯觉两腋习习清风生。”

⑤ 有逾胶漆，即如胶似漆，像胶和漆那样粘结，形容感情深厚，难解难分。

⑥ 饥为驱去，语出自晋代陶渊明《饮酒》其十：“此行谁使然，似为饥所驱。倾身营一饱，少许便有余。”即为了免于饥饿、求得一饱而为生计奔走。

⑦ 树云相望，语出自唐代杜甫《春日忆李白》：“渭北春天树，江东日暮云。”形容阔别两地的朋友之间的相思之情。

⑧ 觉阿，俗姓张，名京度，字莲民，曾为元和(今苏州旧城区内)诸生。

磨砖[①]十年，得正法眼藏[②]。所居种梅三百余本，香雪[③]满时，趺坐[④]其下，禅定[⑤]既起。闲事吟咏，有《咏怀诗》云："自从一见楞严后，不读人间糟粕书。"[⑥]昔简斋老人[⑦]论《华严经》云："文义如一桶水，倒来倒去。"不特不解《华严》，直是未见《华严》语。以视觉阿，何止上下床之别[⑧]耶？！惜未见全诗，不胜半偈之憾。闻莲村近客毗陵[⑨]，暇日当修书问之。

---

① 磨砖，据宋代释道原《景德传灯录·慧能大师》："开元中，有沙门道一住传法院，常日坐禅，师知是法器，往问曰：'大德坐禅图什么？'一曰：'图作佛。'师乃取一砖于彼庵前石上磨。一曰：'师作什么？'师曰：'磨作镜。'一曰：'磨砖岂得成镜邪？'师曰：'坐禅岂得作佛邪？'"后世往往以"磨砖"比喻艰苦修行。

② 正法眼藏，佛教语。禅宗用来指全体佛法（正法）。朗照宇宙谓眼，包含万有谓藏。相传释迦牟尼以正法眼藏付与大弟子迦叶，迦叶因此成为禅宗初祖，此为佛教以"心传心"授法的开始。也借指事物的要诀或精义。

③ 梅花色白如雪，香味馥郁，故称香雪。

④ 趺坐，盘腿端坐。

⑤ 禅定，佛教禅宗修行方法之一。一心审考为禅，息虑凝心为定。佛教修行者以为静坐敛心，专注一境，久之达到身心安稳、观照明净的境地，即为禅定。

⑥ 据近代徐世昌《晚晴簃诗汇》，此诗为《钱水西藕花香里读楞严图》组诗其中一首，全诗为："茅屋三间净扫除，药炉经卷老僧居。自从一见楞严后，不读人间糟粕书。"

⑦ 简斋老人，即清朝乾嘉时期大诗人袁枚，字子才，号简斋。

⑧ 据《三国志·魏志·陈登传》："〔许〕汜曰：'昔遭乱过下邳，见元龙（陈登之字）。元龙无客主之意，久不相与语，自上大床卧，使客卧下床。'〔刘〕备曰：'君有国士之名，今天下大乱，帝主失所，望君忧国忘家，有救世之意，而君求田问舍，言无可采，是元龙所讳也，何缘当与君语？如小人，欲卧百尺楼上，卧君于地，何但上下床之间邪？'"后以"上下床"比喻高低悬殊。

⑨ 毗陵，即今江苏常州，汉代至晋代时曾称毗陵。

【译文】

余莲村来游武林，以一瓮惠山泉水赠我。当时墨俱高僧主持天目山禅寺讲席，他也给我寄了当地特产头纲茶。用竹炉烹制的这两物，就似如来赐予的甘露，遍润身上八万四千毛孔，卢仝的“七碗茶”也无法言尽其中妙趣。

莲村在我家草堂住了十余日。我俩夙夜议论文章，意趣盎然，如胶似漆。惜尚未尽兴，莲村便不得不奔波于生计而就此作别。自此一别，我与莲村树云相望已有三年。我常常忆起他和我谈论苏州诸子诗文的情景。他特别推重高僧觉阿，认为其学问之渊博当列苏州诸子之首。觉阿出家前，是苏州颇为有名的秀才。他在佛前苦修了十年，颇得佛宗精义。他的居所栽种了三百棵梅树。梅花盛开之季，满庭香雪，他在花下盘腿端坐，便入了禅定之境。觉阿偶尔也作些诗词，他的《咏怀诗》中有一句云：“自从一见楞严后，不读人间糟粕书。”昔日袁枚论《华严经》云：“文义如一桶水，倒来倒去。”此等论调，不但未读懂《华严经》，简直可说是未见过《华严经》，与觉阿的见解相比，不啻云泥之别。可惜我并未见到觉阿《咏怀诗》的全貌，只读了半偈，甚是遗憾。

我听说莲村近来客居常州，闲暇之时，我当修书问候。

【十三】

夜来闻风雨声，枕簟渐有凉意。秋芙方卸晚妆，余坐案旁，制《百花图记》未半，闻黄叶数声，吹堕窗下。秋芙顾镜吟曰："昨日胜今日，今年老去年。"[①]余怃然云："生年不满百，安能为他人拭涕！"辄为掷笔。夜深，秋芙思饮，瓦铞[②]温暾，已无余火，欲呼小鬟，皆蒙头户间，为跳离[③]召去久矣。余分案上灯置茶灶间，温莲子汤一瓯饮之。秋芙病肺十年，深秋咳嗽，必高枕始得熟睡。今年体力较强，拥髻[④]相对，常至夜分，殆眠餐调摄之功欤？然入秋犹未数日，未知八九月间更复何如耳。

【译文】

秋夜，风雨声扰人清梦，睡在枕席之上已渐感凉意。秋芙卸晚妆时，我正坐在案边撰写《百花图记》。还未写完一半，忽闻数片黄叶被风吹落、坠于窗下之声，秋芙对镜中人吟曰："昨日胜今日，今年老去年。"我听

① 诗句出自唐刘采春《啰唝曲》六首其五，全诗为："昨日胜今日，今年老去年。黄河清有日，白发黑无缘。"《啰唝曲》又名《望夫歌》，言女子与丈夫长相分离后的相思之痛。

② 瓦铞，陶制的铞子。铞子，又称铫子，一种小壶。口大，柄长，通常用来煎药或温酒。

③ 跳离，古人对梦神的称呼。唐代冯贽《记事珠·梦神》云："梦神曰趾离，呼之而寝，梦清而吉。"

④ 拥髻，谓捧持发髻，话旧生哀。出自伶玄《飞燕外传自序》(载《全上古三代秦汉三国六朝文·全汉文》)："通德占袖，顾视烛影，以手拥髻，凄然泣下。"

后怅然，对秋芙说：“人生短暂，岂能为他人拭泪？”遂掷笔而起。

夜深时，秋芙想要饮水，时灶上小陶壶中水尚有些许余热，而灶中已无余火。我想唤小丫鬟烧水，但她们早就被趾离唤去，酣醉于梦中了。我引案上的灯火点燃了茶灶，温了一小盆莲子汤，喂秋芙喝下。秋芙得肺病已逾十载，深秋之日必咳嗽不止，需高枕方能熟睡。今年（她的病情渐有好转，）体力胜过往昔，常与我秉烛谈至夜深。这大概应该归功于睡眠与饮食的调理吧？不过现在入秋不过数日，不知八九月间，秋芙的状况又当如何？

【十四】

余为秋芙制梅花画衣，香雪满身，望之如绿萼仙人[①]，翩然尘世。每当春暮，翠袖凭栏，鬓边蝴蝶犹栩栩然[②]，不知东风之既去也。

【译文】

我为秋芙做了一件绣满梅花的彩衣。秋芙穿上后，满身香雪，犹如翩然于尘俗之间的绿萼仙人。每当暮春，秋芙凭栏而望，鬓边蝴蝶翻飞，浑不知春风已经离去。

---

① 绿萼是梅花中的名品。又据《太平广记》，有女仙名萼绿华，全身青衣，妍姿绝代，曾于晋穆帝升平三年夜降于羊权家中，授羊权以尸解（谓道教徒遗其形骸而仙去）之药物。古人常常以绿萼梅指代萼绿华。按，宋代范成大《梅谱》："绿萼梅，凡梅花附蒂者皆绛紫色，惟此纯绿，枝梗亦青，特为清高，好事者比之九嶷仙人萼绿华。"

② 栩栩然，生动貌。此句言秋芙凭栏，以手托腮，袖子上的梅花引来了在其鬓边翻飞的蝴蝶。

【十五】

扫地焚香，喻佛法耳，谓如此即可成佛，则值寺阇黎[①]，已充满极乐国[②]矣。秋芙性爱洁，地有纤尘，必亲事箕帚。余为举王栖云[③]偈云："日日扫地上，越扫越不净。若要地上净，撇却苕帚柄。"秋芙卒不能悟。秋芙辨才[④]十倍于我，执于斯者，良亦结习使然。

【译文】

常人谓扫地焚香可以使人通晓佛法。若如此便能成佛，那庙中值事的和尚，早已堆满了那极乐世界。秋芙素爱洁净，地上若有些许尘埃，她必执畚箕与扫帚扫之。我曾对她举王栖云的法偈："日日扫地上，越扫越不净。若要地上净，撇却苕帚柄。"然而秋芙始终不能领会此偈妙义。秋芙的辨才远超于我，之所以执着于此，怕也是因为积习使然。

---

① 阇黎，又作"阇梨"，梵语"阿阇梨"的省称，意谓高僧，亦泛指僧人。

② 极乐国，即极乐世界。佛经中指阿弥陀佛所居住的国土，俗称西天。佛教徒认为居住在这里，就可获得一切欢乐，摆脱人间一切苦恼。

③ 王栖云，法号志谨，又称栖云真人，金元间全真教著名道士，融佛道为其学说。之后诗句中"无为"的意旨即体现了道家清静虚无、顺应自然的思想。

④ 辨才，指聪慧口才好，能辩论。

【十六】

余居湖上十年，大人[①]月给数十金，资余盐米。余以挥霍，每至匮乏，夏葛冬裘，递质递赎，敝箧[②]中终岁常空空也。曾赋诗示秋芙云："一寒至此怜张禄[③]，再拥无由惜谢耽[④]。箧为频搜卿有意[⑤]，裈犹可挂我何惭[⑥]。"纪实也。

---

① 大人，古时对位高权重者、德高望重者和家中长辈等的尊称。此篇中的"大人"都指蒋坦的父亲蒋焜。

② 箧，箱子。敝箧即简陋的箱子。古人常以"敝箧"形容生活穷困。

③ 张禄，即战国秦国名相范雎的化名。范雎初为魏国人，遭人构陷，逃亡秦国，易名张禄。后被人引荐给秦昭襄王，受秦昭襄王重用。范雎成为秦相后，其旧主、魏国中大夫须贾访秦。（范雎出逃秦国，皆由须贾向魏相魏齐诬告范雎私通齐国之事而起。）范雎穿得破破烂烂的，去使馆见须贾。须贾生了些怜悯之心，说："范叔一寒如此哉！"并以绨袍相赠。范雎虽睚眦必报，却因此放了须贾一马。

④ 谢耽，是唐人朱揆的笔记小说《钗小志》中的人物。有一名叫苏紫藭的女子爱慕谢耽，她派侍女找谢耽借来谢耽常穿的小衫。白天，她就贴身穿着这件小衫；晚上，则拥小衫入睡。可谓非常痴情了。谢耽得知此事后，赠苏紫藭一诗，并也穿上女人的内衣。两人遂就此定情，终成夫妇。

⑤ 箧为频搜，出自唐代元稹《遣悲怀》其一："顾我无衣搜画箧，泥他沽酒拔金钗。"此句说秋芙似元稹之妻，有金钗沽酒之贤。

⑥ 挂裈，晋代竹林七贤之一阮咸曾于七月七日以竿挂犊鼻裈（短裤，一说围裙，因形似犊鼻，故名）于庭。《晋书·阮咸传》："七月七日，北阮盛晒衣服，皆锦绮粲目，〔阮〕咸以竿挂大布犊鼻裈于庭。人或怪之，答曰：'未能免俗，聊复尔耳！'"后遂以"曝裈""挂裈"等作为狂放、不受俗世拘束的典故。此句是说自己很穷，只能晒粗布裤子，但并不惭愧。

【译文】

我在西湖边居住了十年，父亲每月会资助我数十金，供我家中柴米油盐之赀。我(一向花钱不甚节制，)每每挥霍一空，以致手头拮据。夏季的葛衣，冬季的皮衣，被我们不断地典当与赎回，家中终年囊空如洗。我曾写了一首诗给秋芙："一寒至此怜张禄，再拥无由惜谢耽。箧为频搜卿有意，裈犹可挂我何惭。"这是我们生活的真实写照。

【十七】

丁未[①]冬，伊少沂大令[②]课最[③]北行，余饯之草堂，来会者二十余人。酒次，李山樵[④]鼓琴，吴康甫[⑤]作擘窠书[⑥]，吴乙杉、杨渚白、钱文涛分画四壁，余或拈韵赋诗，清谈瀹茗。惟施庭午[⑦]、田望南[⑧]、家宾梅[⑨]十余人，踞地赌霸王拳[⑩]，狂饮疾呼，酒尽数十觥不止。是夕，风月正佳，余留诸人为长夜饮。羊灯[⑪]既上，洗盏更酌[⑫]，未及数巡，而呼酒不至。讶询秋芙，答云："瓶罄矣，床头惟余数十钱。余脱玉钏换酒，酒家不辨真赝。今付质库[⑬]，去市远，故未至耳。"余为诵元

---

① 道光丁未年，即道光二十七年，公元1847年。

② 伊少沂大令，即伊念曾县令。伊念曾，字少沂，善书画，清末书法家伊秉绶之子。大令，对县令的尊称。

③ 吏部对官吏进行定期考核，考核成绩最上等者称为"课最"。

④ 李山樵，名玉峰，号山樵。他是当时著名琴师王泽山的弟子，曾教授秋芙以琴技。

⑤ 吴康甫，字廷康，又字符生，号康甫，别号晋斋，安徽桐城人，官杭州府知事，善书画。

⑥ 擘窠书，写字、篆刻时，为求字体大小匀整，以横直界线分格，叫"擘窠"。

⑦ 施庭午，名朝乾，字庭午，钱塘诸生，善诗。

⑧ 田望南，名致元，字望南，某县县丞。

⑨ 家宾梅，即家中宾梅。宾梅，即蒋坦的二兄蒋恭亮，字宾梅，与弟蒋坦友善。

⑩ 霸王拳，应是当时一种流行于杭州一带的猜拳的形式。

⑪ 羊灯，用竹丝扎成、外糊以纸的羊形灯盏，民间常在灯节悬挂。

⑫ 洗盏更酌，清洗酒具，重新倒酒。语出自苏轼《前赤壁赋》："客喜而笑，洗盏更酌。肴核既尽，杯盘狼籍。"

⑬ 质库，即当铺。

九“泥他沽酒拔金钗”① 诗，相对怅然。是集得诗数十篇，酒尽八九瓮。数年来文酒之乐，于斯为盛。自此而后，踪迹天涯，云萍②聚散，余与秋芙亦以尘事相羁，不能屡为山泽游矣。

【译文】

丁未年冬季，伊少沂县令要进京接受吏部考核，我在家中草堂为他饯行，与会者有二十余人。酒席间，李山樵鸣琴，吴康甫作擘窠书，吴乙杉、杨渚白、钱文涛分画四壁。余者，或拈韵赋诗，或品茶清谈。又有施庭午、田望南、蒋宾梅等十余人，坐在地上赌霸王拳，大口饮酒，大声吆喝，喝完数十杯酒犹未尽兴。

当晚，风月正佳，我提议大家留下来喝个畅快。我们点上羊灯，清洗酒具，斟满美酒，还没饮上数巡，呼人添酒，酒却不至。我惊讶地询问秋芙，秋芙回答：“酒喝光了，家中唯有床头余十几串铜钱，不足以充作买酒之资。我脱下玉镯和酒家换酒，但酒家怕我的镯子是假的，故未曾应允。我只好遣人去当铺典当。当铺离酒市甚远，所以酒至今未到。”我有感而发，念起了元稹的“泥他沽酒拔金钗”诗，众人相对怅然。

此次集会，众人作了数十首诗，喝尽了八九瓮酒，实为这几年来最为畅快尽兴的一次饮酒赋诗之会。此后，众人如断梗浮萍，漂泊四方。我和秋芙为世俗之事所羁，再难觅山水之乐。

---

① 出自唐代元稹《遣悲怀》：“谢公最小偏怜女，嫁与黔娄百事乖。顾我无衣搜画箧，泥他沽酒拔金钗。野蔬充膳甘长藿，落叶添薪仰古槐。今日俸钱过十万，与君营奠复营斋。”

② 云萍，天上的浮云和水中的浮萍。比喻聚散无常，飘泊无定。

【十八】

秋芙素不工词，忆初作《菩萨蛮》云：“莫道铁为肠，铁肠今也伤。”造意尖新，无板滞之病。其后余游山阴，秋芙制《洞仙歌》见寄，气息深稳，绝无疵颣，余始讶其进境之速。归后索览近作，居然可观，乃知三日之别，固非昔日阿蒙矣①！昔瑶花仙史②降乩③巢园，目秋芙为昙阳④后身。观其辨才，似亦可信。加以长斋⑤二十年，《楞严》《法华》熟诵数千卷，定而生慧。一指⑥半偈，犹能言下了悟，况区区文字间乎！昔人谓“书到今生读已迟”⑦，余于秋芙信之矣。

---

① 语出自《三国志·吕蒙传》裴松之注引《江表传》：“〔鲁〕肃拊〔吕〕蒙背曰：‘吾谓大弟但有武略耳，至于今者，学识英博，非复吴下阿蒙。’蒙曰：‘士别三日，即更刮目相待。’吴下阿蒙，即对居于吴地的吕蒙的昵称，后也以此形容学识浅薄者。刮目，即拭目。士别三日，刮目相待，后世以此形容进步神速。

② 瑶花，即瑶华，花通华。瑶华即瑶华圃的省称，瑶华圃是传说中仙人所居之处。仙史，即仙使，史通使。

③ 降乩，谓扶乩时神灵降下旨意。

④ 昙阳子，明代女道士，名焘贞，苏州府人，万历名臣王锡爵次女。传说其得道成仙。其事迹被著名文人王世贞广为宣传。

⑤ 长斋，长年吃素。

⑥ 一指，佛教禅宗用语，喻万法归一。据《景德传灯录·俱胝和尚》，宋代俱胝和尚向天龙和尚询问佛教教义时，天龙竖一指，俱胝当即大悟。此后凡有人向俱胝求教，他也常竖一指。临死前俱胝谓众人曰：“吾得天龙一指头禅，一生用不尽。”

⑦ 语出自清代文人袁枚《随园诗话》：“毛俟园广文有句云：‘名须没世称才好，书到今生读已迟。’”言夙慧天生，生来就有卓绝的悟性和才能。

【译文】

秋芙一直不擅长作词。她早先作过一阕《菩萨蛮》,内中有句云:“莫道铁为肠,铁肠今也伤。”立意新颖,无呆板之病。后来我游山阴县时,秋芙曾寄给我一首《洞仙歌》。此阕气息沉稳内敛,精致无瑕。我为其进步之神速而惊讶不已。

归家后,我向秋芙索要近作观览,皆历历有可观之处,才知士别三日,秋芙已非当日的吴下阿蒙矣!昔日瑶花仙使曾降乩于巢园,称秋芙为昙阳子的后身。以秋芙的聪慧而论,似乎确有可信之处。再加上秋芙茹素二十余年,熟读数千卷《楞严经》和《法华经》,(经年的禅静之功,)已使其萌生慧根。佛家的一指点悟、半句偈言,她都能顿时了悟,更不用说区区诗文了!古人云:“书到今生读已迟。”以秋芙观之,此语确实言之凿凿。

【十九】

秦亭山西去二十里，地名西溪，余家槐眉庄[1]在焉。缘溪而西，地多芦苇，秋风起时，晴雪[2]满滩，水波弥漫，上下一色[3]。芦花深处，置精蓝[4]数椽，以奉瞿昙[5]，曰“云章阁”。阁去庄里余，复涧回溪，非苇杭[6]不能到也。时有佛缘僧者，居华坞⺀斋[7]，相传戒律精严，知未来之事。乙巳[8]秋，余因携秋芙访之，叩以面壁[9]宗旨。如聩如聋，鼻孔撩天，曷胜失笑。时残雪方晴，堂下绿梅，如尘梦初醒，玉齿粲然。[10]

---

① 槐眉山庄，蒋坦祖居，在杭州西溪之中。蒋坦父亲蒋焜于嘉庆二十四年(1819)在仁和仓巷(今杭州拱墅区宝善桥西北)西购买了一处宅邸，称槐眉山堂，与槐眉山庄只有一字之差。之后不久又于西湖边营建了别业巢园。

② 晴雪，本指天晴后的积雪，古代文学作品中亦常以此形容白色之物。这里以“晴雪”形容纯白的芦苇花。

③ 芦苇花色白，迎秋日盛开；芦苇茎柔弱，易为风摧折。片片芦苇随秋风起伏，宛若白浪。故云芦苇花与溪水上下一色。

④ 精蓝，佛寺，僧舍。

⑤ 瞿昙，释迦牟尼的姓，一译乔答摩。亦作佛的代称。

⑥ 苇杭，《诗经·卫风·河广》：“谁谓河广，一苇杭之。”一苇或为一束芦苇。后世遂用作小船的代称。

⑦ 华坞，或云即法华坞，在法华山麓，今西溪路南。但据文中文意，华坞似在西溪之中，而不在西溪之南的法华山麓。华通花，花坞或指西溪之中的种花之处。⺀，据《康熙字典》：“《字汇》，伊字，如草书下字。”《佛学大辞典》：“梵书(伊字)𑖂之形，从三点成，谓之伊字之三点。是不纵不横，而有三角之关系，故以譬物之不一不异，或非前非后。《涅槃经》譬之于法身、般若、解脱之三德。”

⑧ 道光乙巳年，即道光二十五年，公元1845年。

⑨ 面壁，面对墙壁默坐静修，此指佛法精义。

⑩ 玉齿，绿梅花花形如玉齿，此指梅花开得灿烂，如美人含笑。

秋芙约为永兴寺[①]游，遂与登二雪堂，观汪夫人[②]方佩书刻。还坐溪上，寻炙背鱼、剪尾螺，皆颠师胜迹[③]。明日更游交芦、秋雪诸刹，寺僧以松萝茶[④]进，并索题《交芦雅集图卷》。回船已夕阳在山，晚钟催饭矣。霜风乍寒，溪上澄波粼粼，作皱縠纹。秋芙时着薄棉，有寒色，余脱半臂拥之。夜半至庄，吠龙[⑤]迎门，回望隔溪渔火，不减鹿门晚归[⑥]时也。秋芙强余作纪游诗，遂与挑灯命笔，不觉至曙。

【译文】

秦亭山往西二十里便是西溪，我家槐眉山庄就在此地。沿溪西行，芦苇遍地。秋风起时，纯白盈野，接合水色，上下浑一。芦苇花的深处，有数间供奉诸佛的佛寺，统曰"云章阁"。云章阁离槐眉庄有里余之遥，其间小涧重隔，溪水回环，非一叶扁舟而不能至。当时阁中有位高僧住在华坞丶斋。相传他戒律精严，能知未来之事。

---

① 永兴寺，今坐落于杭州西湖与西溪之间的留下杨家牌楼。它是济公禅师继灵隐、净慈寺后的又一主要道场，寺中原有二雪堂、三祖殿、安泰松轩以及圣泉井等胜迹。

② 汪夫人，即汪端(1793—1838)，字允庄，钱塘人，清代著名女诗人，《香畹楼忆语》作者陈裴之之妻。

③ 颠师，即济公(1148—1209)，南宋高僧，原名李修缘，法名道济。他自称颠僧，故世人又称其为济颠。剪尾螺，据《浙江通志》："濒湖居民，食螺已断尾矣，道济乞放水中，活而无尾。"炙背鱼，即半焦鱼，亦为济公故事。见《西湖竹枝词》："剩有济颠功德水，至今留得半焦鱼。"

④ 松萝茶，因产于安徽省黄山市休宁县松萝山，故名。

⑤ 吠龙，吠叫的狗。尨，本义为多毛的狗，亦泛指狗。

⑥ 鹿门晚归，指唐代诗人孟浩然《夜归鹿门山歌》诗中所描写的情景。诗曰："山寺钟鸣昼已昏，渔梁渡头争渡喧。人随沙路向江村，余亦乘舟归鹿门。鹿门月照开烟树，忽到庞公栖隐处。岩扉松径长寂寥，惟有幽人夜来去。"

乙巳年秋，我带着秋芙拜访了这位高僧，向其叩问佛法要旨。谁知这位高僧仿佛聋哑一般，鼻孔朝天，一言不发，其情状真让人忍俊不禁。其时正值雪后晴日，堂上残雪尚余，堂下绿梅仍仿佛从尘俗的梦境中翻然醒转，开得灿烂如笑。

秋芙约我同游永兴寺。我遂与秋芙登二雪堂，观赏女诗人汪端的印鉴。归家时，我们坐船于溪水之上，寻找溪中的炙背鱼和剪尾螺，这些都是昔日济公留下的胜迹。次日，我们又拜访了交芦庵、秋雪庵等禅寺。寺僧以松萝茶相款待，并请我俩题款于《交芦雅集图卷》之上。

坐船回家时，日已西斜，寺庙中传出阵阵晚钟声，似在催我等赶紧归家吃饭。时值早冬，料峭寒风初至，溪上澄波粼粼，水被风吹皱，好似绉纱上的细纹。秋芙身上棉衣单薄，受风寒所侵。我脱下身上半臂，为秋芙披上。夜半时我们回到庄上，迎我们入门的却是犬吠之声。回望对岸的渔火，似有孟浩然《夜归鹿门山歌》之余韵。秋芙硬要我写一首纪游诗，我只好挑灯执笔，沉思苦吟，不觉破晓之光已照至案头。

【二十】

秋芙有停琴伫月小影，悬之寝室，日以沉水[①]供之。将归，戏谓余曰：“夜窗孤寂，留以伴君。君当酬以瓣香[②]，无扃置空房，令娥眉有秋风团扇[③]悲也。”

【译文】

秋芙有一幅抱琴伫立于月下的小像。她将其悬挂在卧房，并每日在画像前点上一炷沉香以供养之。她回娘家之前，曾与我开玩笑说：“（我去后，）夜凉窗冷，这幅画像就替我伴君身侧。君应当以瓣香酬谢之，切莫将其深锁空房，令画中女子有秋风团扇之悲。”

---

① 沉水，即沉水香，沉香。宋李清照《菩萨蛮》：“沉水卧时烧，香消酒未消。”

② 瓣香，佛教语，即一瓣香，一炷香。

③ 秋风团扇，秋日凉风至，扇子遂弃置不用，常以喻女子色衰失宠。”语出自西汉班婕妤《怨诗》：“新裂齐纨素，鲜洁如霜雪。裁为合欢扇，团团似明月。出入君怀袖，动摇微风发。常恐秋节至，凉飙夺炎热。弃捐箧笥中，恩情中道绝。”

【二十一】

晓过妇家，窗栊犹闭，微闻仓琅一声，似鸾篦堕地。重帘之中，有人晓妆初就也。时初日在梁，影照窗户，盘盘腻云[①]，光足鉴物[②]，因忆微之诗云："水晶帘底看梳头。"[③]古人当日已先我消受眼福。

【译文】

早晨我经过秋芙的闺房，窗户紧闭，房中传来一声轻微的当啷声，似有一鸾凤形的篦梳坠于地面。重重帘幕之中，应有人刚刚化完了晓妆。此时朝阳正挂在梁上，倩影映于窗户，头上盘起的发髻，似光亮细腻的云朵，光彩足以映照他物。此情此景，不禁让我想起了元稹的诗句"水晶帘底看梳头"。古人已比我更早地消受了此等眼福。

---

① 腻，光滑，细致。腻云，光滑的云朵，古人常以此比喻光泽的发髻。

② 鉴，照射。光足鉴物，意即光亮得足以像镜子一样用来照物。

③ 出自元稹《离思》五首其二："山泉散漫绕阶流，万树桃花映小楼。闲读道书慵未起，水晶帘下看梳头。"

【二十二】

关、蒋故中表亲[①]。余未聘时，秋芙每来余家，绕床弄梅[②]，两无嫌猜。丁亥[③]元夕，秋芙来贺岁，见于堂前。秋芙衣葵绿衣，余着银红绣袍，肩随额齐，钗帽相傍。张情斋[④]丈方居巢园，谓大人曰："俨然佳儿佳妇。"大人遂有丝萝[⑤]之意。

后数月，巢园鼠姑[⑥]作花，大人招亲朋，置酒花下。秋芙随严君来。酒次，秋芙收筵上果脯，藏帕中。余夺之，秋芙曰："余将携归，不汝食也。"余戏解所系巾，曰："以此缚汝，看汝得归去否？"秋芙惊泣，乳妪携去始解。大人顾之而笑。因倩俞霞轩[⑦]师为之蹇修[⑧]，筵上聘定。

---

① 古代称父之姐妹所生子女为外兄弟姐妹，称母之兄弟姐妹所生子女为内兄弟姐妹。外为表，内为中，合称"中表"。

② 绕床弄梅，语出自唐代李白《长干行》诗："妾发初覆额，折花门前剧。郎骑竹马来，绕床弄青梅。"后因以"弄梅"喻男女儿童间的天真亲昵。

③ 道光丁亥年，即道光七年，公元 1827年，蒋坦生于道光三年(1823)，此时为五岁。

④ 张情斋，即张衢，字越西，号情斋，善书画诗词和戏曲，所著有传奇《芙蓉楼》《玉节记》等。

⑤ 丝萝，即菟丝与女萝，两种蔓生植物。它们缠绕于草木，不易分开，故诗文中常用以比喻结为婚姻。

⑥ 鼠姑，即牡丹。按《神农本草经》："牡丹味辛寒，一名鹿韭，一名鼠姑，生山谷。"

⑦ 俞霞轩，即蒋坦的蒙师俞兴瑞，号霞轩，浙江海宁盐官人。嘉庆年间曾设书馆于杭州万松岭敷文书院。

⑧ 蹇修，此处指媒妁，媒人。

自后数年，绝不相见。大人以关氏世有姻娅，岁时仍率余趋谒。故关氏之庭，迹虽疏，未尝绝也。忆壬辰[1]新岁，余往，入门见青衣小鬟，拥一粲姝上车而去。俄闻屏间笑声，乃知出者即为秋芙。又一年，圜桥试[2]近，妻父集同人会文，意在察婿。置酒后堂，余列末座。闻湘帘[3]之中，环玉[4]相触，未知有秋芙在否？又一年，余行市间，忽车雷声中，帘幰疾卷，中有丽人，相注作熟视状。最后一车，似是妻母，意卷帘人即膝前娇女也。又一年，余举弟子员，大人命予晋谒。庭遇秋芙，戴貂茸[5]，立蜜梅花[6]下。俄闻银钩[7]一声，无复鸿影。

余自聘及迎，相去凡十五年，五经邂逅，及却扇[8]筵前，剪灯相见，始知颊上双涡，非复旧时丰满矣。今去结缡[9]又复十载，余与秋芙皆鬓有霜色。未知数年而后，更作何状？忽忽前尘，如梦如醉，质之秋芙，

---

① 道光壬辰年，道光十二年，公元1832年。

② 圜桥，本意为四周环水的桥，古代太学周围环水，有四门，以桥通。”后以圜桥指代各地的学府。此处圜桥试指入县学的考试，即县试。通过县试者称为生员(俗称秀才)，可以参加下一级的府试。

③ 湘帘，用湘妃竹做的帘子。

④ 环玉，即环佩，古人所系的佩玉，后多指女子所佩的玉饰。

⑤ 茸，柔细的毛。貂茸，或指貂皮帽，或为貂裘茸帽的省称。以“戴”字而论，貂皮帽的可能性较大。

⑥ 蜜梅花，即蜡梅花。蜡梅色如黄蜡，因称蜡梅，而黄蜡是蜜蜡的一种，故又称蜡梅花为蜜梅花。

⑦ 银钩，一种银制的女子首饰。

⑧ 却扇，古代行婚礼时新妇用扇遮脸，交拜后去之。后用以指完婚。此处却扇或并非实指，自唐宋后，民俗新娘出嫁多以红盖头遮面。不过也有可能蒋坦与秋芙成婚时沿袭旧俗，所以译文中还是直译。

⑨ 缡，古代女子出嫁时所系佩巾。结缡，古代嫁女的一种仪式。女子临嫁，母女之系结佩巾，以示至男家后奉事舅姑，操持家务。此处指代结婚。

亦忆一二否?

【译文】

关家和蒋家很早就是中表之亲。我与秋芙定亲之前，秋芙常来我家玩耍。我俩绕床弄梅，两小无猜。丁亥年元宵，秋芙来我家贺岁，与我相见于堂前。秋芙穿着葵绿色的衣服，而我则身着银红色的绣袍。秋芙的额头挨着我的肩膀，她的发钗则贴着我的帽檐。老丈张情斋当时住在巢园之中，他对我父亲说:“他俩真像一对佳儿佳妇。”于是我父亲便起了与关家结亲之意。

数月之后，巢园中牡丹花放，我父亲招集亲朋好友，置酒席于牡丹花下。秋芙亦随着她父亲前来赴宴。席间，秋芙偷偷地将桌上的一些果脯藏在手帕之中。我抢走了秋芙的手帕。秋芙急了，说:“这些我要带回去吃，不给你吃。”我解下秋芙的头巾，笑着说:“那我就用这头巾把你绑住，看你还能回家不?”秋芙被我吓哭了，她的奶妈把她拉到一旁，好生安慰了半天，她方才止住了哭声。见此情景，我父亲和秋芙的父亲相视而笑。于是，我们两家请了俞霞轩老师作为媒人，在这次酒席上就定下了亲事。

之后十数年，按照习俗，我俩成婚之前都不能相见。因为蒋家与关家世代姻亲，我父亲每年都带我拜访关家。我去关家的次数虽然没有以前多了，但关家于我而言并不陌生。壬辰年新年，我来到关家，在门口遇见一青衣丫鬟扶着一位美丽的女子上车而去。随后从车中传来的女子笑声，才让我明白，原来她就是秋芙。

有一年，县试之期将近，岳父招集文友集会，其实意在考察我的文学。酒席摆在后堂，我忝居末席，听见门后湘帘之中，似有环佩相击之声，不知秋芙是否身在其中？

有一年，我行走在街市中，忽听见一阵雷鸣般的车轮声，一辆马车的帷幔被迅速地卷起，车中坐着一名丽人，正盯着我细看。乘坐这列车队最后一辆车的似乎是岳母，我猜那位盯着我看的丽人大概就是她膝前的娇女秋芙了。

又有一年，我考中了秀才，父亲让我进见关府。我在关家庭院中遇到了戴着貂皮帽、站在蜡梅花下的秋芙。随着一声银钩，秋芙的身影倏然不见，我只能徒叹惊鸿易去，倩影难留。

从定亲至成婚，中间相隔了十五年的岁月，我与秋芙只有五次匆匆邂逅。婚宴时，秋芙移开遮面的团扇，我于灯下端详，这才发现，秋芙脸颊上那两个甜美的酒窝，不似我记忆中那般丰满了。

如今，我俩成婚后又过了十年，我与秋芙的两鬓皆有斑白之色。不知道数年之后，我俩的情状又当如何？前程往事似雪泥鸿爪，犹如醉梦。他日我当问问秋芙，是否还记得这些往事？

【二十三】

秋芙谓："元九《长庆集》[①]诗，如土饭尘羹[②]，食者不知有味。惟《悼亡》三诗，字字泪痕，不堕浮艳之习。"余曰："未必不似宋考功[③]于刘希夷[④]事耳。不然，微之轻薄小人，安能为此刻骨语？"

【译文】

秋芙说："元稹的《长庆集》，如沾满尘土的羹饭，食之无味。只有其中的《悼亡》三诗，每个字上都沾满了诗人泪水的痕迹，与其他浮华艳丽之作不类。"我说："这有可能像宋之问强求刘希夷诗句故事。不然，元稹不过一轻薄小人，怎作得出如此刻骨铭心之语？"

---

① 元九，即元稹，字微之，唐代文学家。他在家中排行第九，故又称"元九"。《长庆集》，元稹的个人诗文集。

② 土饭尘羹，即尘饭涂羹。以土作饭，以泥作羹。比喻以假当真或无足轻重的事物。语出自《韩非子·外储说左上》："夫婴儿相与戏也，以尘为饭，以涂为羹，以木为胾。然至日晚必归饷者，尘饭涂羹可以戏而不可食也。"

③ 宋考功，即唐代诗人宋之问，字延清，一名少连。曾任考功员外郎，故此处称其为宋考功。

④ 刘希夷，唐代诗人，字庭芝，一作廷芝，诗以歌行见长，多写闺情，意柔婉丽，且多感伤情调。其卒年和死因古今学界都有争议，尚无定论。

【二十四】

余读《述异记》云“龙眠于渊，颔下之珠为虞人所得，龙觉而死”[①]，不胜叹息。秋芙从旁语曰：“此龙之罪也。颔下有珠，则宜知宝。既不能宝而为人得，则嚱嘘[②]云雨，与虞人相持江湖之间，珠可还也。而以身殉之，龙则逝矣，而使珠落人手，永无还日，龙岂爱珠者哉？”余默然良久，曰：“不意秋芙亦能作议论，大奇。”

【译文】

《述异记》云：“龙眠于渊，颔下之珠为虞人所得，龙觉而死。”我读到这一段话，不胜叹息。秋芙在一旁对我说：“这是龙自己的过错。既然拥有珍珠这等宝物，就应当好好珍惜。保护不了，被人夺走，就应该呼风唤雨，与虞人争夺于江湖之间，迫使其归还珍珠。然而龙却徒然以身相殉，珍珠却还落于他人之手，永无物归原主之日，怎能称其为爱珍珠者？”我默然良久，叹道：“想不到秋芙也能发出此等议论，真是出人意表。”

---

①《述异记》，南朝梁任昉所著，主要记载了一些鬼怪之事。此句大意为：“龙沉眠于深渊，其下巴下有一粒珍珠。虞人趁龙熟睡取其珍珠。龙因发觉珍珠被夺而死。”虞人，古代掌山泽之官，亦主苑囿田猎。

② 嚱嘘，同唏嘘，本义是哭泣后不由自主地急促呼吸。此处嚱嘘云雨指龙在伤心过后，应该使出神通，呼风唤雨，将珍珠从虞人手上夺回。

【二十五】

葛林园为招贤寺[①]遗址，有水榭数楹，俯瞰竹石。榭下有池，短彴横架其上。池偏凌霄花一本，藤蔓蜿蜒，相传为唐宋时物。诗僧半颠及其师破林，驻锡[②]于此数十年矣。

己酉[③]初夏，积潦成灾，余所居草堂已为泽国[④]。半颠以书相招，遂与秋芙往借居焉。是时，城市可以舟处，所交宾朋无不中隔。日与半颠谈禅，间以觞咏，悠悠忽忽，不知人间有岁月矣。闻岳坟卖馂馅馒首[⑤]，日使赤脚婢[⑥]数钱买之。瞰食既饱，分饲池鱼。秋芙起拊栏楯，误堕翠簪，水花数圈，杳无所迹，惟簪上所插素馨漂浮波上而已。

池偏为梁氏墓庐[⑦]，庐西有门，久鞠茂草[⑧]。庐居梁氏族子数人，出入每由寺中。梁有劣弟，贫乏不材。余居月余，阋墙[⑨]之声未歇于耳。

---

① 招贤寺旧址位于今西湖北面葛岭下的北山路61号，唐代始建，五代时吴越王钱弘佐改建。葛林园之名应从葛岭而来。

② 驻锡，僧人出行，以锡杖自随，故称僧人居留为驻锡。

③ 道光己酉年，即道光二十九年，公元1849年。

④ 泽国，原指水乡，河湖遍布之地。后又借指被水淹没的地区。

⑤ 馂馅，一种包馅的面食。馒首，即馒头。馂馅馒首，即包馅的馒头。

⑥ 赤脚婢，并非指这名婢女赤脚，而是源自唐代韩愈《寄卢仝》诗："一奴长须不裹头，一婢赤脚老无齿。"后因称老婢女为"赤脚婢"。

⑦ 墓庐，墓旁之屋。古人为守父母、师长之丧，筑室墓旁，居其中以守墓。

⑧ 久鞠茂草，谓杂草塞道，形容衰败荒芜的景象。

⑨ 阋墙，语出自《诗·小雅·常棣》："兄弟阋于墙，外御其侮。"谓兄弟相争于内。后用"阋墙"指内部相争。

一日，余行池上，闻剥啄[1]声。寺僧方散午斋，余为启扉。有毡笠布衣者问梁某在否，余为指示。其人入梁氏庐，余亦闭门。半颠知之，因见梁，问来者云何。梁曰："无之。"相与遍索室中，不得。惟东偏小楼，扃闭甚固，破窗而入，其弟已缢死床上矣，乃知叩门者缢死鬼耳！自后鬼语啾啾，夜必达旦，梁以心恇迁去。余与秋芙虽恃《楞严》卫护之力，而阴霾逼人，究难长处。时水潦已退，旋亦移归草堂。嗣闻半颠飞锡南屏[2]。余不过此寺又数年矣，未知近日楼中，尚复有人居住否?

【译文】

葛林园坐落在招贤寺遗址之上，园中有数间水榭，可俯瞰竹石。水榭下有池，有一独木桥飞架于上。池边有一株凌霄花，其藤蔓蜿蜒盘缠，相传为唐宋时所种。诗僧半颠和其师破林曾在葛林园居住了数十年。

已酉年初夏暴发了洪灾，我所居住的草堂一带成了一片泽国。半颠以书信相邀，于是我与秋芙前往葛林园暂居。其时，城市的街道上积水甚深，已足以行舟，我与亲朋好友均因此而断绝往来。我每日与半颠谈佛论道，有时亦饮酒作诗，闲散浑噩，不知人间岁月几何。

我听说岳庙附近有人贩卖带馅的馒头，便每日让婢女买上几个。吃饱了，我们便把剩下的馒头扔到池中喂鱼。秋芙(喂完鱼，)扶着栏杆起身时，头上翠绿色的发簪坠入水中，激起数圈水纹，然后便杳无踪迹了，唯有簪子上插着的一朵素馨花，在水面上漂漂摇摇，随波浮沉。

---

① 剥啄，象声词，此指敲门声。

② 南屏，即南屏山，在西湖南岸、玉皇山北，山下有名刹净慈寺。

池边有一座梁氏家族的墓庐，墓庐西面有门，门边早已荒草丛生。墓庐中曾住着梁氏一族的几个子弟，他们出入墓庐均要经过葛林园。其中有一个品行不端的年轻人，既贫穷又无才。在我居住葛林园的一个多月时间里，他们兄弟之间的争吵就从未停歇过。

有一天，我在池边散步，听见一阵敲门声。当时，寺中僧人刚刚用完午斋，还未出斋堂，于是我就去打开了大门。门口有一个戴着毡笠穿着布衣的人，问梁某某在不在。我便为他指了通往梁氏墓庐的路。此人进入梁氏墓庐后，我关上了葛林园的大门。半颠知道了此事后，问梁氏族人来访者所为何事，梁氏族人却说并没有人来访。我们和梁氏族人找遍了梁氏墓庐，也没有找到刚才那个敲门的人。只有墓庐东面的一个偏僻小楼，因门窗紧闭，(我们还未曾查看。)我们破窗而入，发现一个人吊死在床上，正是那个品行不端的年轻人。我们这才知道，方才那个敲门者，便是上门索命的吊死鬼！

此后，墓庐中整夜传出凄切的鬼叫之声。梁氏因害怕而将墓庐迁往他处。我与秋芙虽然常诵《楞严经》，得佛法加持，但寺中阴气逼人，终难久居。此时，洪水业已退去，我和秋芙便返回自家草堂。不久后，我听说半颠移住南屏山寺院。如今，我已经有数年不曾到葛林园了，不知那闹鬼的小楼，现在是否还有人居住？

【二十六】

枕上不寐，与秋芙论古今人材，至韩擒虎。余曰："擒虎生为上柱国①,死不失为阎罗王②,亦侥幸甚矣。"秋芙笑曰："特张嫦娥③诸人之冤，无可控告，奈何？"

【译文】

夜阑难寐，我与秋芙在枕上谈论古今人物，聊到了韩擒虎。我说："韩擒虎生为上柱国，死为阎罗王，可谓十分侥幸了。"秋芙笑着说："只是张丽华诸人的冤屈无处控告，如之奈何？"

---

① 据《隋书·百官志》："高祖又采后周之制，置上柱国、柱国、上大将军、大将军、上开府仪同三司、开府仪同三司、上仪同三司、仪同三司、大都督、帅都督、都督，总十一等，以酬勤劳。……以加文武官之德声者，并不理事。"上柱国是武散官的最高层级，武散官无实职，仅为加勋，以示地位尊崇。

② 据《隋书·韩擒虎传》载："又有人疾笃，忽惊走至擒家曰：'我欲谒王。'左右问曰：'何王也？'答曰：'阎罗王。'擒子弟欲挞之，擒止之曰：'生为上柱国，死作阎罗王，斯亦足矣。'因寝疾，数日竟卒，时年五十五。"

③ 张丽华是陈后主陈叔宝的宠妃。据唐代冯贽笔记小说《南部烟花记》，陈后主为张丽华造桂宫，宫门状如圆月。宫殿后庭只植一棵桂树，树下置药杵臼，并使张丽华养一白兔，称后庭为月宫。陈后主每逢宴会，便称张丽华为张嫦娥。

【二十七】

大人晚年多病,余与秋芙结坛修《玉皇忏》[1]仪四十九日。秋芙作骈俪疏文，辞义奥艳，惜稿无遗存，不可记忆。惟时霜风正秋[2]，瓶中黄菊渐有佳色。夜深钟磬一鸣，万籁皆伏。沉烟笼罩中，恍觉上清[3]宫阙即现眼前，不知身在人世间也。

【译文】

父亲晚年多病。我和秋芙结坛举办《玉皇忏》四十九日,(为我父亲祈福。)其间，秋芙作了一篇文辞骈俪的祷文，深奥优美。可惜文稿并没有留存，如今已经记不得了。其时正值仲秋，阵风微寒，瓶中的黄菊渐渐展露出明媚的身姿。夜深时，一声钟磬，万籁俱寂。沉烟笼罩之中，仿佛上清仙宫就出现在我们眼前，飘飘然似已不在尘世间矣。

---

①《玉皇忏》，全名为《玉皇宥罪赐福宝忏》，是道教徒向玉皇大帝祷告祈福的经文。

② 正秋，即仲秋，农历八月。

③ 上清，即道家所称的三清境(玉清、上清、太清)之一，是道家仙人所住之处。

【二十八】

秋芙所种芭蕉，已叶大成阴，荫蔽帘幕[①]。秋来雨风滴沥，枕上闻之，心与俱碎。一日，余戏题断句叶上云："是谁多事种芭蕉，早也潇潇，晚也潇潇。"[②]明日见叶上续书数行云："是君心绪太无聊，种了芭蕉，又怨芭蕉。"字画柔媚，此秋芙游戏笔也，然余于此悟入[③]正复不浅。

【译文】

秋芙种下的芭蕉，叶子已经甚大，其阴影遮覆门窗。秋来风雨连绵，夜晚雨滴敲打在芭蕉叶上，（宛如一首愁人的长篇乐章，）让枕上的我心同溅落的雨滴一般不断碎去。有一日，我在芭蕉叶上戏题了一句断句："是谁多事种芭蕉，早也潇潇，晚也潇潇。"第二天，我见芭蕉叶上续书了数行字："是君心绪太无聊，种了芭蕉，又怨芭蕉。"笔画柔媚，当是秋芙的游戏之笔。（虽是戏谑之言，）却让我明悟了许多。

---

① 帘幕，遮蔽门窗的布幔。这里即指代门窗。

② 潇潇即风雨连绵貌。此句言某人种下芭蕉，引来了连绵风雨，有抱怨之意，实则是写与秋芙的戏谑之言。这芭蕉当是秋芙和蒋坦共同手植的，故下文秋芙回以"是君心绪太无聊，种了芭蕉，又怨芭蕉"。

③ 悟入，佛教语，谓觉知并证入实相之理。又泛指领会。

【二十九】

春夜扶鸾[①]，瑶花仙史[②]降坛，赋《双红豆》[③]词云："风丝丝，雨丝丝。谁使花沾蛛网丝，春光留一丝。　烟丝丝，柳丝丝。侬与红蚕同有丝，蚕丝侬鬓丝。"又《贺新凉》[④]赠秋芙云："久未城西过[⑤]。料如今、夕阳楼[⑥]畔，芭蕉新大。日日东风吹暮雨，闻道病愁无那[⑦]。况几日、妆台梳裹。纸薄衫儿寒易中，算相宜、还是摊衾卧。切莫向，夜深坐。　西池已谢桃花朵。恁青鸾[⑧]、天天来去，书儿无个。一卷楞严应读遍，能否情禅参破？问归计、甚时才可？双凤[⑨]归来星月

---

① 扶鸾，即扶乩。扶，指扶架子；乩，谓卜以问疑。术士制丁字形木架，其直端顶部悬锥下垂。架放在沙盘上，由两人各以食指分扶横木两端，依法请神。木架的下垂部分即在沙上画成文字，作为神的启示，或与人唱和，或示人吉凶，或与人处方。旧时民间常于农历正月十五夜迎紫姑扶乩。

② 瑶花仙史，见前文注。

③《双红豆》，词牌名，即《长相思》。龙榆生《唐宋词格律》："《长相思》，又名双红豆。唐教坊曲，双调小令。三十方字，前后片各三平韵，一叠韵。"

④ 当时蒋坦和秋芙住在西湖巢园，西湖位于古时钱塘县城西。此处"久未城西过"之语当指前文提到过的"昔瑶花仙史降乩巢园，目秋芙为昙阳后身"之事。此段段末亦云："甲辰岁，仙史曾降笔草堂，指示金丹还返之道，故有'久未城西过'之语。"

⑤《贺新凉》，词牌名，又名《金缕曲》《贺新郎》《乳燕飞》《貂裘换酒》等。正格为双调一首十六字，前后段各十句。

⑥ 夕阳楼，即蒋家巢园之中的夕阳红半楼。

⑦ 无那，即无奈，无可奈何。

⑧ 青鸾，青鸟，借指传递书信的使者。

⑨ 双凤，即一对凤凰，古人常以此作为祥瑞的象征。双凤又比喻两位才德出众的人。此处双凤应是作为蒋坦和秋芙的比拟。

下，好细斟元碧[1]、相称贺。须预报，玉楼[2]我。”甲辰岁，仙史曾降笔[3]草堂，指示金丹还返[4]之道，故有“久未城西过”之语。

【译文】

我在春天夜晚扶乩，瑶花仙史降临祭坛，赋《双红豆》词云：“风丝丝，雨丝丝。谁使花粘蛛网丝，春光留一丝。　烟丝丝，柳丝丝。依与红蚕同有丝，蚕丝依鬓丝。”又赋《贺新凉》赠秋芙云：“久未城西过。料如今、夕阳楼畔，芭蕉新大。日日东风吹暮雨，闻道病愁无那。况几日、妆台梳裹。纸薄衫儿寒易中，算相宜、还是摊衾卧。切莫向，夜深坐。西池已谢桃花朵。恁青鸾、天天来去，书儿无个。一卷楞严应读遍，能否情禅参破？问归计、甚时才可？双凤归来星月下，好细斟元碧、相称贺。须预报，玉楼我。”甲辰年，瑶花仙史曾降乩于家中草堂，指示道家修炼金丹之术，故有“久未城西过”之语。

---

① 元碧，即玄碧，清朝时因避康熙帝名讳而以“元”字代“玄”。玄，黑色；碧，绿色。玄碧，此处应指深绿色的酒。

② 玉楼，仙人的住所。

③ 降笔，即降乩，谓扶乩时神灵降下旨意。

④ 金丹还返，即道家修炼仙丹的七返九还之术。道家以火炼金，使金返本还原，成为仙丹。道教以“七”代表火，以“九”代表金。

【三十】

忆戊申[①]秋日，寄秋芙七古一首，诗云："干萤冷贴屏风死，秋逼兰釭落花紫。[②]满床风雨不成眠，有人剪烛中宵起。[③]风雨秋凉玉簟知，镜台钗股最相思。[④]伤心独忆闺中妇，应是残灯拥髻时。[⑤]髻影飘萧同卧病，中间两接红鲂信。[⑥]病热曾云甘蔗良，心忪或借浮瓜镇。[⑦]夜半传闻还织素，锦诗渐满回文数。[⑧]可怜玉臂岂禁寒，连波只悔从前错。从前听雨芙蓉室，同衾忆汝初来日。才见何郎誊合双，

① 道光戊申年，即道光二十八年，公元1848年，蒋坦和秋芙成婚后第六年。

② 干萤，干枯的萤火虫尸体。兰釭，燃兰膏的灯。亦用以指精致的灯具。

③ 剪烛，剪去蜡烛上多余的灯芯，以让蜡烛维持明亮的灯光。中宵，半夜。此处夜起之人指蒋坦。

④ 玉簟，竹席。

⑤ 拥髻，女子双手捧着发髻，常以此形容女子哀怨貌。此句言蒋坦夜起后想起了残灯下拥髻的秋芙。

⑥ 飘萧，鬓发稀疏貌。鲂，鳊鱼的古称。《诗·周南·汝坟》："鲂鱼赪尾，王室如毁。"毛传："赪，赤也；鱼劳则尾赤。"朱熹集传："鲂尾本白而今赤，则劳甚矣。"后遂以红鲂赤尾形容过度劳苦。

⑦ 心忪，心悸。浮瓜，用冷水浸泡西瓜。

⑧ 织素，即织锦。回文锦，织有回文诗的锦。东晋时前秦窦滔久戍不归，其妻苏蕙思念心切，织锦为《回文旋图诗》(又名《璇玑图》)以赠。凡八百四十字，纵横反复皆成章句，词甚哀惋。见《晋书·列女传·窦滔妻苏氏》。后以回文诗借指抒发别情、怀念远人的诗作。

便疑司马心非一。[①]鸿庑牛衣感最深，[②]春衣典后况无金。六年费汝金钗力，买得萧郎薄幸心。[③]薄幸明知难自避，脱舆未免参人议。[④]或

---

① 何郎，指三国魏名士何晏，何晏容貌俊美，颇有才气。卺，古时婚礼上使用的酒器，分成两瓢，新婚夫妇各执一瓢。卺合双，即合卺，婚礼时新婚夫妇持卺共饮。司马，当指司马懿。何晏在高平陵之变中为司马懿所杀。心非一，指司马懿、司马昭等事魏有二心，此处应借指秋芙对蒋坦的些许猜疑。

② 指东汉隐士梁鸿与其妻子居人庑下，为人舂米的典故。牛衣，供牛御寒用的披盖物。如蓑衣之类。据《汉书·王章》："初，章为诸生，学长安，独与妻居。章疾病，无被，卧牛衣中，与妻诀，涕泣。"西汉大臣王章在长安求学时，家中赤贫，生病了也只能卧于牛衣之中。他自以为必死，与妻子哭着诀别，反被妻子呵斥，让其振作精神。后遂以"牛衣对泣"形容因家境贫寒而伤心落泪。鸿庑牛衣感最深，言生活困难，一贫如洗，令其感触颇深。春衣典后况无金，见前文蒋坦言因无钱可用而拿家中财物典当之句。

③ 萧郎，本指秦穆公时人萧史，娶秦穆公女，善吹箫。后文学作品中常以"萧郎"形容受女子爱慕的男子。薄幸，负心。

④ 舆，马车。脱舆，据《周易·小畜》："舆说辐，夫妻反目。"说同脱。"舆说辐"即车辐脱离了马车，预兆夫妻反目。

有珠期浦口还,[①]何曾剑忍微时弃。[②]端赖鸳鸯壶内语,[③]疏狂尚为鲰生恕。[④]无端乞我卖薪钱，明朝便决归宁去。[⑤]去日青荷初卷叶，罗衣曾记箱中叠。一年容易到秋风，渡江又阻归来楫。我似齐纨易弃捐，

---

① 珠还合浦，据《后汉书·循吏传·孟尝》载："〔孟〕尝后策孝廉，举茂才，拜徐令。州郡表其能，迁合浦太守。郡不产谷实，而海出珠宝……先时宰守并多贪秽，先时宰守并多贪秽，诡人采求，不知纪极，珠遂渐徙于交址郡界。于是行旅不至，人物无资，贫者饿死于道。尝到官，革易前敝，求民病利。曾未逾岁，去珠复还，百姓皆反其业，商货流通，称为神明。"后遂用"珠还合浦"比喻失而复得或去而复还。此句的"珠"指的是回娘家的秋芙。

② 微时故剑，据《汉书·外戚传上·孝宣许皇后》："是时，霍将军有小女，与皇太后有亲。公卿议更立皇后，皆心仪霍将军女，亦未有言。上(汉宣帝)乃诏求微时故剑，大臣知指，白立许婕妤为皇后。"微时，地位低贱之时，还未显贵之时。故剑，汉宣帝的"微时故剑"指其在未即位之前所娶妻子许平君。后世因以"故剑"指代原配妻子。

③ 鸳鸯壶内语，语出自唐代裴铏《传奇·元柳二公》："二子(元彻、柳实)感谢拜别。夫人赠以玉壶一枚，高尺余。夫人命笔题玉壶诗赠曰：'来从一叶舟中来，去向百花桥上去，若到人间扣玉壶，鸳鸯自解分明语。'……二子受之,谓使者曰：'夫人诗云：若到人间扣玉壶,鸳鸯自解分明语。何谓也？'曰：'子归，有事，但扣玉壶，当有鸳鸯应之，事无不从矣。'"此处或以此指代秋芙平日里对蒋坦的指点。

④ 鲰生，浅薄愚陋的人，小人。

⑤ 卖薪钱，语出自唐代杜甫《负薪行》诗："夔州处女发半华，四十五十无夫家。更遭丧乱嫁不售，一生抱恨堪咨嗟。土风坐男使女立，应当门户女出入。十犹八九负薪归，卖薪得钱应供给。"本指贫苦的卖薪女靠卖薪得来的微薄的以供生活之资，这里借指秋芙的劳作或典当所得。归宁，出嫁女子回娘家。

怀中冷暖仗人怜。[1]名争蜗角难言胜，[2]命比蚕緰岂久坚。[3]莫谓机丝曾有故，蛾眉何人能持护？[4]门前但看合欢花，也须各有归根树。[5]树犹如此我何堪，近信无由绮阁探。拥到兰衾应忆我，半窗残梦雨声参。雨声入夜生惆怅，两家红烛昏罗帐。一例悲欢各自听，楚魂来去芭蕉上。[6]芭蕉叶大近窗楹，枕上秋天不肯明。明日谢家堂下过，入门预想绣鞋声。[7]”此稿遗佚十年[8]，枕上忽记及之，命笔重书，恍惚如梦。

---

① 此句出自西汉班婕妤《怨诗》：“新裂齐纨素，鲜洁如霜雪。裁为合欢扇，团团似明月。出入君怀袖，动摇微风发。常恐秋节至，凉飙夺炎热。弃捐箧笥中，恩情中道绝。”与前文的“秋风团扇之悲”是一个出处，均指女子因色衰失宠而生出的哀怨之意。这句话表达的是蒋坦自己的哀惋之情。

② 语出自《庄子·则阳》：“有国于蜗之左角者，曰触氏；有国于蜗之右角者，曰蛮氏，时相与争地而战，伏尸数万，逐北旬有五日而后反。”后以“蜗角之争”比喻因小事而争斗。

③ 蚕緰，用蚕丝织成的细布，不甚耐用。

④ 机丝，织机上的丝。蛾眉，本指女子像蚕蛾一样的秀眉，又指代美丽的女子，这里指秋芙。

⑤ 此处以合欢花比喻蒋坦和秋芙，以归根树比喻两人的家，含劝秋芙归家之意。

⑥ 楚魂，据战国宋玉《高唐赋》，楚怀王曾夜梦巫山神女，后世的文学作品中多以“楚魂”指代楚怀王的魂魄，将其描述成一名恋慕于梦中神女的痴情男子。此处蒋坦以“楚魂”自况。

⑦ 谢家，指晋代世家谢家，其中有谢安、谢石、谢玄等历史知名人物。后世常用以代称高门世族之家。这里则是对秋芙娘家关家的敬称。这两句是蒋坦预想自己到关家接秋芙回家的情景。

⑧ 戊申年的十年后当为咸丰七年（1857），而《秋灯琐忆》于咸丰二年（1852）初版时即载有此诗。故此处的十年当非实指，只是虚指间隔多年后方才忆起。

【译文】

戊申年秋日，我寄给秋芙一首七言古诗，诗云："干萤冷贴屏风死，秋逼兰釭落花紫。满床风雨不成眠，有人剪烛中宵起。风雨秋凉玉簟知，镜台钗股最相思。伤心独忆闺中妇，应是残灯拥髻时。髻影飘萧同卧病，中间两接红鲂信。病热曾云甘蔗良，心忪或借浮瓜镇。夜半传闻还织素，锦诗渐满回文数。可怜玉臂岂禁寒，连波只悔从前错。从前听雨芙蓉室，同衾忆汝初来日。才见何郎蚤合双，便疑司马心非一。鸿庑牛衣感最深，春衣典后况无金。六年费汝金钗力，买得萧郎薄幸心。薄幸明知难自避，脱舆未免参人议。或有珠期浦口还，何曾剑忍微时弃。端赖鸳鸯壶内语，疏狂尚为鳏生恕。无端乞我卖薪钱，明朝便决归宁去。去日青荷初卷叶，罗衣曾记箱中叠。一年容易到秋风，渡江又阻归来楫。我似齐纨易弃捐，怀中冷暖仗人怜。名争蜗角难言胜，命比蚕緰岂久坚。莫谓机丝曾有故，蛾眉何人能持护？门前但看合欢花，也须各有归根树。树犹如此我何堪，近信无由绮阁探。拥到兰衾应忆我，半窗残梦雨声参。雨声入夜生惆怅，两家红烛昏罗帐。一例悲欢各自听，楚魂来去芭蕉上。芭蕉叶大近窗楹，枕上秋天不肯明。明日谢家堂下过，入门预想绣鞋声。"此封书信已丢失了十年，一日我在床上忽然忆起，提笔重书，恍如旧梦。

【三十一】

晚来闻络纬声[①]，觉胸中大有秋气[②]。忽忆宋玉悲秋《九辩》[③]，击枕而读。秋芙更衣阁中，良久不出，闻唤始来，眉间有愁色。余问其故，秋芙曰："悲莫悲兮生别离[④]，何可使我闻之？"余慰之曰："因缘离合，不足定论。余与子久皈觉王[⑤]，誓无他趣。他日九莲台[⑥]上，当不更结离恨缘[⑦]，何作此无益之悲也？昔锻金师[⑧]以一念之誓，结婚姻九十余劫，况余与子乎？"秋芙唯唯[⑨]，然颊上粉痕，已为泪花污湿矣。余亦不复卒读。

---

① 络纬，即莎鸡，又名纺织娘、络丝娘，类似蝈蝈。

② 古代文人常因秋天草木凋零而感到伤感，与万物勃发的春天相对，故言秋有秋气。秋气即萧瑟、凄凉之景象。

③《九辩》，中国首部浪漫主义诗歌总集《楚辞》中的一首长篇抒情诗，为战国末期楚国辞赋家宋玉所作。

④ "悲莫悲兮生别离"出自战国屈原的《九歌·少司命》。秋芙之所以提到这一句，是对应了《九辩》中贫士和一位美人的生生别离。同时，《九辩》开篇即言"悲哉，秋之为气也"，充满了寂寥无奈的悲秋之气，易令人秋思满怀。生别离，两人生前难以再见的离别。

⑤ 觉王，佛的别称，也称"觉皇"。佛经中称阿弥陀佛为九品觉王。

⑥ 九莲台，即九品莲台，佛家语。莲台即莲花形台座，为佛所坐，有九等之分，九品莲台即这九等莲台。

⑦ 结缘，佛家语，即和某种因缘或佛法缔结缘分。离恨，因离别而生的忧愁和怨恨。

⑧ 锻金师，指迦叶。见《付法藏因缘传》迦叶与妙贤（贫女）合力将佛像补足，发誓世世为夫妇，共九十一世为夫妇。

⑨ 唯唯，此处指应而不置可否貌。

【译文】

晚上听闻络纬的鸣叫声，忽觉心中秋气大起。我想起宋玉有一首悲秋的《九辩》，便在床上敲着枕头诵读起来。秋芙在阁中更衣，良久不出，听到我的呼唤方才来到我身边，她的眉间隐隐有一丝愁色。我问她怎么了，她说："这世间最悲伤的莫过于有情人互道永别，从此再难相逢。你怎能让我听见此等言语（唤起我心中愁绪）？"我安慰秋芙："悲欢离合，莫有定数。你我早已皈依我佛，看破红尘。他日我俩登上九品莲台，（联袂成佛，）便可斩断那离恨之因缘，何必现在作此多余无益的伤悲？昔日摩诃迦叶为锻金师时，曾与一贫女在佛前发誓，生生世世结为夫妻，所以他们经历了九十余世的婚姻劫。（他们尚能如此，）又何况你与我呢？"秋芙听罢，不置可否，但她脸上的妆容，已尽被泪水毁去。我也终不忍再读下去。

【三十二】

秋芙藏有书尺[①]，为吴黟山所贻。尺长尺余，阔二寸许。相传乾隆壬子[②]，泰山汉柏出火自焚，钱塘高迈庵[③]拾其烬余，以为书尺，刻铭于上。铭云："汉已往，柏有神。坚多节，含古春。劫灰未烬兮，芸编[④]是亲。然藜比照[⑤]兮，焦桐[⑥]共珍。"

【译文】

秋芙收藏了一枚镇纸，这枚镇纸是吴黟山先生赠送的。镇纸长一尺余，宽逾二寸。相传乾隆壬子年，泰山汉代古柏自燃，焚余的残枝被钱塘人高迈庵拾去，制成镇纸，并刻铭文于其上。铭文云："汉已往，柏有神。坚多节，含古春。劫灰未烬兮，芸编是亲。然藜比照兮，焦桐共珍。"

---

① 书尺，一般称其为镇纸，因似尺形(长条形)，又被称为镇尺、书尺。

② 乾隆壬子年，即乾隆五十七年，公元1792年。

③ 高迈庵，即高树程，字蕲至，号迈庵，乾隆年间杭州人，工书画。

④ 芸编，古人将芸香放在书籍中防蠹虫啃噬，故又称书籍为芸编。镇纸是用来压纸的，而纸张又跟书籍相关，故此处云镇纸与书籍相亲。

⑤ 按东晋王嘉《拾遗记·前汉下》："刘向于成帝之末，校书天禄阁，专精覃思。夜有老人，着黄衣，植青藜杖，登阁而进。见向暗中独坐诵书，老父乃吹杖端，烟燃，因以见向，说开辟已前。"这是西汉名儒刘向勤学苦读的典故，而后世以"青藜""藜火""藜光"等指夜读照明的灯烛。

⑥ 焦桐，即焦尾琴，中国古代四大名琴之一，相传为东汉名儒蔡邕以焚余的桐木所制，和这枚镇纸有着类似的来历。

【三十三】

开户见月，霜天[①]悄然。因忆去年今夕，与秋芙探梅巢居阁[②]下，斜月暧空，远水渺弥，上下千里，一碧无际。相与登补梅亭，瀹茗夜谈，意兴弥逸。秋芙方戴梅花鬓翘[③]，虬枝在檐，遽为攫去，[④]余为摘枝上花[⑤]补之。今亭且倾圮，花木荒落，惟姮娥[⑥]有情，尚往来孤山[⑦]林麓间耳。

【译文】

开门见月，霜天悄然。我忆起去年此时，我与秋芙在巢居阁下探梅，昏昧的夜空中挂着一轮斜月，远处的湖水渺渺茫茫，（与苍天浑同一色，）上下千里，一碧无际。我与秋芙登上补梅亭，煮茶夜谈，意兴益

---

① 霜天，深秋的天空，或指天气寒冷时的天空。

② 巢居，在树上筑巢而居。据《史记》，上古尧帝时，有隐士名巢父，其名字的由来应是其在山中树上筑巢以居。后世遂以巢居形容隐居，以巢父形容隐士。

③ 鬓翘，即翠翘，古代妇人首饰的一种。状似翠鸟尾上的长羽，故名。

④ 攫，夺取。此处“攫去”的意思应该是指秋芙的翠翘被树枝碰落后不知所踪，而非与树枝接触后挂在树枝上。若是挂在树枝上，则伸手即可摘取，不需要蒋坦再取枝上之花补之。

⑤ 此花文中虽未明言为梅花，但是从节候（霜天）、补梅亭、梅花鬓翘可推知，此花多半就是梅花。

⑥ 姮娥，即嫦娥。因有嫦娥奔月的传说，古代文人常常以嫦娥指代月亮。此处则指代月光。

⑦ 此孤山应是西湖边的孤山，由此可推知巢居阁和补梅亭在孤山之上。巢居、补梅，其名字的由来应与曾经在孤山隐居的妻梅子鹤的宋朝文人林逋有关。

然。秋芙头上戴着的一枝梅花形翠翘，被从屋檐下伸出的一根弯曲的树枝碰落，不知所踪。我摘下这根树枝上的梅花，重为秋芙戴上。

如今补梅亭已经倾圮，草木荒芜，花木凋零，唯有那多情的月中嫦娥，尚往来于这孤山林麓之间。

【三十四】

秋芙好棋而不甚精，每夕必强余手谈，或至达旦。余戏举竹垞[①]词云："簸钱斗草已都输，问持底今宵偿我？"[②]秋芙故饰词云："君以我不能胜耶？请以所佩玉虎[③]为赌。"下数十子，棋局渐输，秋芙纵膝上猧儿搅乱棋势。余笑云："子以玉奴[④]自况欤？"秋芙嘿然，而银烛荧荧，已照见桃花[⑤]上颊矣。自此更不复棋。

【译文】

秋芙喜欢下棋，但棋艺不精。她每晚都逼我和她下棋，有时候甚至通宵达旦。我拿朱彝尊的词句取笑她："簸钱斗草已都输，问持底今宵偿

① 竹垞，即朱彝尊，字锡鬯，号竹垞，浙江秀水(今浙江嘉兴)人。清初著名词人、学者，浙西诗派的开创者。

② 此句大意为："你掷钱和斗草都输给我了，今晚拿什么补偿我？"语出自朱彝尊《鹊桥仙》："辛夷花落，海棠风起，朝雨一番新过。狸奴去后绣墩温，且伴我、日长闲坐。　笑言也得，欠伸也得，行处丹鞋婀娜。簸钱斗草已都输，问持底、今宵偿我。"写的是朱彝尊与一心爱女子言谈嬉戏的场景。簸钱，即掷钱、掷卢，一种投骰子的博戏。斗草，一种古代游戏，竞采花草，比赛多寡优劣，常于端午行之。

③ 玉虎，虎形的玉器或装饰物。

④ 玉奴即唐玄宗的贵妃杨玉环。据唐代段成式《酉阳杂俎·忠志》："上夏日尝与亲王棋，令贺怀智独弹琵琶，贵妃立于局前观之。上数枰子将输，贵妃放康国猧子于坐侧。猧子乃上局，局子乱，上大悦。"唐玄宗和一名亲王对弈，杨玉环在旁观战。数子的时候唐玄宗将输，杨玉环遂纵座旁的小狗搅乱了棋局，和文中的场景相仿，故蒋坦戏言秋芙以玉奴自况。

⑤ 此处的桃花形容秋芙脸颊上因羞涩而泛起的红晕。

我？”秋芙托词云：“你觉得我赢不了你吗？我就拿我身上所佩玉虎与你一赌胜负。”我们下了数十子，秋芙已显颓势。没想到此时她让膝上的小狗跳上棋盘，将棋局搅乱。我笑道：“你这是要效仿杨玉环吗？”秋芙默不作声，在银烛微闪的灯火下，她的两颊已绽开了两朵绯红的桃花。此后，秋芙就不再下棋了。

【三十五】

去年燕来较迟,帘外桃花已零落殆半。夜深巢泥忽倾,堕雏于地。秋芙惧为猧儿所攫，急收取之，且为钉竹片于梁，以承其巢。今年燕子复来，故巢犹在，绕屋呢喃，殆犹忆去年护雏人耶?

【译文】

去年燕子比平时来得晚些,(它们出现时,)帘外的桃花已大半凋零。夜深时，燕窝突然倾覆，雏燕坠落于地。秋芙担心雏燕被狗叼走，急忙拾起雏燕和燕窝,(将其放回梁上)。她还在梁上钉上了几枚竹片以托着燕窝。今年燕子又来了，其故巢犹在。燕子绕着屋子不住呢喃，大概它们还记挂着去年救护雏燕之人吧?

【三十六】

同里沈湘涛[①]夫人与秋芙友善，曾以所著诗词属为删校[②]，中有句云："却喜近来归佛后，清才渐觉不如前。"因忆前见朱莲卿[③]诗，有"却喜今年身稍健，相逢常得笑颜生"之句。两"喜"字用法不同，各极沉痛。莲卿近得消渴疾[④]，两月未起，霜风在林，未知寒衣曾检点否？

【译文】

同乡沈湘涛夫人与秋芙要好，她曾让我删削校对其所著诗词。其中有一句诗云："却喜近来归佛后，清才渐觉不如前。"这让我想起了朱莲卿的一句诗："却喜今年身稍健，相逢常得笑颜生。"两句中的"喜"字，用法虽然不同，但读起来都让人感到十分沉痛。莲卿最近得了消渴症，已卧床两月不起。林间寒风凛冽，不知她是否已准备好了冬衣？

---

① 沈湘涛，即沈涟清，字湘涛。她及其姊妹沈善宝（字湘佩）与蒋坦、秋芙夫妇相友善，时有诗词唱和。

② 删校，即删削校对。

③ 朱莲卿，即朱淑均，字莲卿，浙江嘉兴海宁人，清代诗人查冬荣的妻子，工诗善画。

④ 消渴症，即糖尿病。

【三十七】

斜月到窗，忽作无数个“人”字[①]，知堂下修篁解箨[②]矣。忆居槐眉庄，庄前种竹数弓[③]。笋泥初出，秋芙命秀娟携鸦嘴锄劚数筐，煮以盐菜[④]，香味甘美，初不让廷秀《煮笋经》[⑤]也。秀娟嫁数年，如林中绿衣人得锦绷儿矣[⑥]。惟余老守谷中，鬓颜非故。此君有知，得无笑人？

【译文】

月西沉入窗，忽然在地上映出无数个“人”字，原来是堂下的修竹脱壳了。我记起当年住在槐眉山庄的时候，庄前种了数弓竹子。竹笋刚

---

① 竹笋脱壳后从中长出新竹，新竹在月光的照射下，其倒影在地面上呈现“人”字形。

② 修篁，修竹。解箨，谓竹笋脱壳。箨，竹笋上一片片的皮。

③ 弓，丈量土地的计量单位，1弓为5尺，360弓为1里。1弓约1.6米。

④ 盐菜，盐渍的蔬菜。

⑤ 廷秀，即杨万里，南宋著名诗人，字廷秀，号诚斋，吉州吉水(今江西吉水县)人。杨万里喜食竹笋，创作了不少有关竹笋的诗词，文中提到的《记张定叟煮笋经》云：“江西猫笋未出尖，雪中土膏养新甜。先生别得煮簧法，丁宁勿用醯与盐。岩下清泉须旋汲，熬出霜根生蜜汁。寒芽嚼作冰片声，余沥仍和月光吸。菘羔楮鸡浪得名，不如来参玉板僧。醉里何须酒解酲，此羹一碗爽然醒。大都煮菜皆如此，淡处当知有真味。先生此法未要传，为公作经藏名山。”

⑥ 绿衣人即比喻竹笋以绿壳为衣；锦绷儿即锦绣制的襁褓，比喻笋壳。元代谢宗可《同根竹》诗：“竞秀冰霜一种奇，骈头曾脱锦绷儿。”竹笋得了笋壳，即比喻秀娟得了呵护她之人。

破土而出时，秋芙让秀娟用鸭嘴锄挖了数筐竹笋。之后秋芙将竹笋和盐菜一起烹煮，色香味美，和杨万里《煮笋经》中的美味竹笋相比，亦不遑多让。秀娟已嫁作人妇多年，如林中绿衣人得到了锦绷儿，（终有归宿之处）。只剩我和秋芙两个老人空守谷中，容颜已非旧时模样。若竹君有知，怕是会笑话我等吧？

【三十八】

虎跑泉[①]上有木樨[②]数株，偃伏石上，花时黄雪[③]满阶，如游天香国[④]中，足供鼻观。余负花癖，与秋芙常[⑤]煮茗其下。秋芙拗花簪鬓，额上发为树枝捎乱，余为蘸泉水掠之[⑥]。临去折花数枝，插车背上，携入城闉，欲人知新秋消息也。近闻寺僧添植数本，金粟世界[⑦]定更为如来增色矣。秋风匪遥，早晚应有花信[⑧]。花神有灵，亦忆去年看花人否?

【译文】

虎跑泉上有几棵桂花树偃卧在石上。桂树开花时，台阶上布满了黄雪，（踏足其中，）就如同漫游天香国一般，就嗅觉和视觉而言，都是极大的享受。我有爱花的癖好，曾和秋芙在桂树下煮茶。秋芙折下树上花枝，

① 虎跑泉位于浙江杭州市西南大慈山白鹤峰下定慧寺（俗称虎跑寺）侧院内，后面提到的寺僧应是定慧寺的寺僧。现寺址一带为虎跑公园。
② 木樨，又作木犀，即桂花。
③ 此与将梅花誉为“香雪”近似，因桂花多为淡黄色或黄白色，故称其为“黄雪”。
④ 天香，即芳香的美称。天香国，即充满芳香的国度。
⑤ 此处“常”字不能解作经常之意，而是通“尝”，即曾经之意。
⑥ 古时又称篦梳为掠子、掠头。此处“掠”字作动词用，即用篦梳梳头。
⑦ 金粟，桂花的别名。因其色黄如金，花小如粟，故称。又，如来佛的宝座又称金粟莲台。又，金粟如来，维摩诘大士的前身，见《昭明文选》李善注引《法华经》。
⑧ 花信，花卉开放的消息。

插在自己的云鬓之上。其间，其额前之发被树枝弄乱了，我用梳子蘸上泉水，将秋芙额前乱发梳理整齐。临走之前，我折下数枝桂花，将其插在车背上，要将其带入城中，以此将秋天到来的消息告知杭城居民。

最近我听说定慧寺的僧人又增种了一些桂花树。想来今年桂花盛开时，这金粟世界会为寺中的如来像增色不少。如今秋风即将到来，不久就会有桂花的花信了。花神有灵，她会记起昔年桂树下的赏花之人吗?

【三十九】

宾梅[①]宿予草堂，漏三下，闻邻人失火，急率仆从救之。及门，已扑灭矣。惟闻空中语云："今日非有力人[②]居此，此境几为焦土。"言顷，有二道人与一比丘自天而下。道人戴藕华冠，衣蟠龙蠘蠼之袍。其一玉貌长髯，所衣所冠皆黄金色。比丘踵道人之后，若木若讷。藕冠者曰："吾名证若，居青城、赤水[③]之间，访蒋居士至此。"与长须道人拂尘而歌，歌长数千言，未暇悉记。惟记其末句云："只回来巧递了云英密信，那裴航痴了心，何时得醒？若不早回头，累我飞升。醒，醒，醒，明日阴晴难信。"[④]歌竟而逝。趋视之，则星月在户，残灯不明，惟闻落叶数声，遽然一梦觉也。既旦，告予。予曰："余家断杀数十年，而修鸿宝之道[⑤]六七载，至今黄螾飞腾[⑥]，犹少返还

---

① 宾梅，即蒋坦的二兄蒋恭亮，字宾梅，与其妻同居西湖巢园。其妻去世后，又借住于其弟蒋坦家。

② 力人，即力士，指护持佛法的使者，此处指蒋坦。

③ 赤水，古代神话传说中的水名。

④ 裴航和云英是唐代裴铏传奇体小说《传奇》中《裴航》一篇的男女主人公。《裴航》写的是裴航因追求美貌女子云英而遇仙得道的故事。从此词句中可以看出，蒋坦现实中的不得意，对"明日阴晴"的心灰意冷，使其出世的想法越发强烈。

⑤ 鸿宝，即道教修仙炼丹之书。鸿宝之道，即修道之法。蒋坦应是双修了道法和佛法。

⑥ 螾同蚓，黄螾即蚯蚓。据《史记·封禅书》："黄帝得土德，黄龙地螾见。"即黄帝得到土德（古时以土、木、金、火、水五行之德代表权力的更替，而黄帝时期为土德）时，地上出现了状如黄龙的大蚯蚓。这里以"黄螾飞腾"指代得道的迹象。

之诀[①]。岂仙师垂悯凡愚，现身说法欤？歌中曰‘云英’，云英者，岂以余闺房之缘未解缠缚，而讽咏示警欤？”时予与秋芙修《陀罗尼》忏[②]数月矣，所谓比丘者，岂观音化身寻声自西竺来欤[③]？

【译文】

宾梅住在我家草堂时，三更时分，他听说邻居家失火，连忙带着仆从前去救火。可还没有到邻家之门，火已经被扑灭了。只听见空中有人说道："今日此地如果不是住了力士，必定会化为焦土。"言毕，有两个道人和一个僧人从天而降。一个道人戴着莲花冠，穿着绣有蟠龙和蝙蝠的袍子。另一个长须道人相貌俊美，所穿戴的衣冠都是金黄色的。僧人跟在道人身后，神态木讷。戴着莲花冠的道士说："我名叫证若，住在青城山和赤水之间，来此地是为了访问蒋居士。"说罢，他与长须道人舞拂尘而歌。长歌洋洋洒洒数千言，宾梅没来得及将其全部记住，只记得最后一句道："只回来巧递了云英密信，那裴航痴了心，何时得醒？若不早回头，累我飞升。醒，醒，醒，明日阴晴难信。"道人和僧人歌罢而去。宾梅走上前去细看，只见星月挂于门上，屋内残烛冷照，昏暗不明，（却不见了道人和僧人的身影）。忽闻数声落叶，宾梅猛然惊醒，原来只是一场梦罢了。

第二天早晨，宾梅将此梦告知于我。我对他说："我家中已经数十年未曾杀生了，而且我和秋芙修习道法六七年，如今已有些得道之迹象，

① 返还之诀，即道家修炼仙丹的七返九还之术，见前文注。

②《陀罗尼》，全名《千手千眼观世音菩萨广大圆满无碍大悲心陀罗尼经》。忏，指佛教、道教讽诵的经文。

③ 寻声，谓追寻蒋坦和秋芙的念经之声。西竺，即天竺，印度的古称。

只是尚缺少修真法诀。这难道是仙师垂帘我等凡俗愚昧，故现身说法吗？歌中提到‘云英’，莫非是因我等还未斩断情丝，故仙师以长歌示警吗？”我与秋芙最近已经修习了数月的《大悲心陀罗尼经》，莫非这名僧人是观世音菩萨所化，从天竺寻声而来？

【四十】

秋芙病,居母家六十余日。臧获陪侍,多至疲惫。其昼夜不辍者,仅余与妻妹侣琼[①]耳。余或告归，侣琼以身代予，事必手亲，故药炉病榻之间,予得赖以息肩[②]。侣琼固情笃友于[③],然当此患难之时,而荼苦能甘，亦不自觉何以至是也。秋芙生负情癖，病中尤为缠缚。余归，必趣人召余，比至，仍无一语。侣琼问之，秋芙曰:“余命如悬丝[④]，自分难续，仓猝恐无以与诀，彼来，余可撒手行耳。”余闻是言，始觉腹痛，继思秋芙念佛二十年，誓赴金台[⑤]之迎，观此一念，恐异日轮堕人天[⑥]，秋芙犹未能免。手中梧桐花，放下正自不易耳[⑦]。

---

① 侣琼，即秋芙妹妹关锜，字侣琼。

② 息肩，本义为卸下负担，让肩头得到休息。这里引申为休息。

③ 友于，《尚书·君陈》:“惟孝友于兄弟。”后即用“友于”为兄弟友爱之义。亦借指兄弟。

④ 命如悬丝，同气若游丝，比喻生命垂危。

⑤ 金台，神话传说中神仙居处。誓赴金台之迎，直译即发誓要赴金台的欢迎之会，后文译文中为意译。

⑥ 人天，佛教语，六道轮回中的人道和天道。亦泛指诸世间、众生。

⑦ 据《五灯会元》:“世尊因黑氏梵志运神力，以左右手擎合欢、梧桐花两株来供养佛。佛召仙人，梵志应诺。佛曰:‘放下着。’梵志遂放下左手一株华。佛又召仙人:‘放下着。’梵志又放下右手一株华。佛又召仙人:‘放下着。’梵志曰:‘世尊,我今两手皆空,更教放下个甚么？’佛曰:‘吾非教汝放舍其华,汝当放舍外六尘、内六根、中六识，一时舍却，无可舍处，是汝免生死处。’梵志与言下悟无生忍。”

【译文】

秋芙为了养病在娘家待了六十余日，在她身边陪侍的奴婢大多疲惫不堪。从早到晚都陪在秋芙身边的，就只有我和妻妹侣琼。我有时返回家中，侣琼以身代我，事必躬亲，让我在药炉和秋芙的病榻之间得以有喘息之机。侣琼对秋芙一直真诚相待，友爱有加，当此患难之际，她仍能甘之如饴，浑然不觉自己已经做到了这种地步。

秋芙是情劫中人，病重时尤为情丝所缠缚。我每次一回家，她都会派人叫我回去陪她。等我到了秋芙面前，她却一言不发。侣琼问她何故，她说："我气若游丝，料想命不久矣，只是担心我仓促辞世，未来得及与我夫君诀别。若他在此，我就可以撒手离去了。"我听闻此言后，痛彻心扉，继而想起秋芙念佛二十余年，曾发愿要往登西方极乐世界。秋芙既然难以参破情关，恐怕来世还要受那轮回之苦。而我手中的那朵梧桐花，自然也无法轻易地放下。

【四十一】

秋夜正长，与妻妹佩琪[①]围棋，三战三北，自念平生此技未肯让人，佩琪年未及笄[②]，所造如此，殆天授耶？佩琪性静默，有林下风[③]，字与诗篇靡不精晓，自言前身自上清宫来。观其神寒骨清，洵非世间烟火人[④]也。今不与对局数年矣，布算之神，应更倍昔。他日谢家[⑤]堂上，当效楚子反整师复战，期雪曩年城下之耻[⑥]。

【译文】

秋日漫漫长夜，我与妻妹佩琪下围棋，三战三败。我平生与人对弈罕逢敌手，佩琪其时尚未到适婚之龄，竟能有如此造诣，莫非这便是（传说中的）天授之才？佩琪生性喜静，有林下风气，书法诗词，无所不精。她曾自称前世为上清宫中仙人。看她气质沉静、骨骼清奇，确实不像食人间烟火之人。我与佩琪已有好多年不曾对弈了，想来她的技艺应该越发精进。他日，我若到岳家府上，当效仿楚国子反整军再战之举，一雪当年城下之耻。

---

① 即关锦，字佩琪。

② 笄，发簪。古代女子年满十五岁而束发加笄，表示成年。后世遂称女子适婚年龄为“及笄”。

③ 林下风，同林下风气，形容妇人举止娴雅，风韵脱俗。

④ 非世间烟火人，即不食人间烟火之人。烟火即熟食，道家以为神仙或修道者不食人间的熟食。

⑤ 谢家，东晋世家，见前文注。这里指代岳家。

⑥ 城下之耻，同城下之辱，谓兵临城下、屈膝求和的耻辱。这里指当年对弈败北之耻。

【四十二】

踏月夜归，秋芙方灯下呼卢[①]。座中有人一掷得六么[②]色，余戏为《卜算子》词云："妆阁夜呼卢，钗影阑干背。六个骰儿六个窝[③]，到底都成对。　　借问阿谁赢，莫是青溪妹[④]？赚得回头一顾无，试报说、金钗坠。"秋芙见而笑曰："如此绮语，不虑方平[⑤]鞭背耶？"

【译文】

我踏着月色夜游而归，秋芙正与人掷骰子，座中一人刚掷了个六么。我戏作了一阕《卜算子》："妆阁夜呼卢，钗影阑干背。六个骰儿六个窝，

---

① 呼卢，一种古代赌博。古时赌博，削木为骰子，一面涂黑，画犊，一面涂白，画雉，共五子。五子全黑叫做"卢"，是头彩。投掷时，希望得卢，连连呼它，所以称为"呼卢"。后也泛指掷骰子的游戏。从后文可以推知，文中的"呼卢"应该更接近如今掷骰子的赌博。

② 么，通"幺"。六么，即六个骰子都掷了一点。

③ 骰子的一点即中间一个凹陷的圆点，蒋坦戏称这个圆点为"窝"。

④ 青溪妹，即青溪小姑，相传为东汉末年蒋歆之妹，与其兄俱在死后成神。此句意为，众女子以金钗作为赌注。赢家赢了金钗后，继续玩耍。不料中途回头一看，金钗却不见了，于是便问旁人有没有看见金钗坠于何处。

⑤ 方平，即王远，字方平，东汉时人，在酆都平都山飞升成仙。据晋代葛洪《神仙传·王远》：王方平得道后，访蔡经家，召仙女麻姑相会。麻姑貌似十八九岁，姿态妍丽，其手的形状不似人手，而像鸟爪。蔡经见其手，暗自在心中嘀咕："若背大痒时，得此爪以爬背（挠背），当佳也。"王方平知其心中所想，言："麻姑，神人也，汝何忽谓其爪可以爬背耶？"并使人用鞭子抽打蔡经背，但只见鞭子落于其背，却不见执鞭之人。

到底都成对。　　借问阿谁羸，莫是青溪妹？赚得回头一顾无，试报说、金钗坠。”秋芙见了此词，笑道：“你竟敢作如此绮丽之语，就不怕方平用鞭子抽你背吗？”

【四十三】

近作小词，有句云：“不是绣衾[①]孤，新来梦也无。”又《买陂塘》[②]后半云：“中门掩，更念荀郎[③]忧困，玉瓯莲子亲进。无端别了秦楼[④]去，食性[⑤]何人猜准。闲抚鬓。看半载、相思又及三春尽。前期[⑥]未稳。怕再到兰房[⑦]，剪灯私语，做梦也无分。”时宾梅以纨扇属书，团戏录之。宾梅见而笑曰：“做梦何以无分？[⑧]”秋芙笑云：“想新来梦也无耳。”[⑨]相与绝倒。

---

① 绣衾，绣花的被子。

②《买陂塘》，即《摸鱼儿》，词牌名，正格为双调一百一十六字。后文仅为下半阕。

③ 荀郎，即荀粲，字奉倩，三国魏名臣荀彧的儿子。荀粲娶曹洪女。其妻颇貌美，但红颜薄命，二十多岁便因病去世。《世说新语》载其在妻子病中曾“冰身熨妇”。妻子去世后，荀粲忧伤过度，徒叹“佳人难再得”，一年后也随之辞世。

④ 秦楼，秦穆公为其女弄玉所建之楼，亦名凤楼。据刘向《列仙传》，秦穆公女弄玉好音乐。萧史善吹箫作凤鸣。秦穆公以弄玉妻之，并为之建凤楼。二人吹箫，凤凰来集，后二人乘凤飞升而去。此处秦楼则借指夫妇两人的爱巢。

⑤ 食性，指对食物的好恶。此句指妻子去世后，无人能为荀粲妥当地安排饮食。

⑥ 前期，此处指对未来的打算。

⑦ 兰房，对女子居室的美称。此处指荀粲亡妻的居室。

⑧ 直译即“连梦中都没有情分”，意译即“连在梦中都不能与君相遇”。

⑨ 新来梦也无，即“最近连梦都没有了”。梦都没有了，自然没有了梦中那些绮丽凄切之事了。

【译文】

近来我作了一阕小词,其中有一句云:“不是绣衾孤,新来梦也无。”我作的另一首词《买陂塘》下半阕云:“中门掩，更念荀郎忧困，玉瓯莲子亲进。无端别了秦楼去，食性何人猜准。闲抚鬓。看半载、相思又及三春尽。前期未稳。怕再到兰房，剪灯私语，做梦也无分。”宾梅让我在一柄纨扇上题字,我便将此词戏题于上。宾梅看到纨扇后,笑着问我:“做梦何以无分?”秋芙笑道:“想是因为‘新来梦也无’吧。”众人听罢，都笑得前仰后合。

【四十四】

甲辰[①]秋，同人招游月湖。夜深为风露所欺。明日复集吴山笙鹤楼，中酒禁寒。归而病热几殆，赖乩示方药，始获再生。越一年，为丙午[②]岁，疽[③]发背间，旋复病疟[④]。方届秋试[⑤]，扶病登车，未及试院，而魂三逝矣。仆从舁归，匝月始安。己酉[⑥]之夏，复病疮痢，俯枕三月，痛甚剥肤。六年之间，三堕病劫，秋芙每侍余疾衣不解带，柔脆之质岂禁劳瘁？故余三病，而秋芙亦三病也。余生有懒疾，自己酉奉讳[⑦]以来，火死灰寒，无复出山[⑧]之想。惟念亲亡未葬，弟长未婚，为生平未了事。然先人生圹久营，所需卜吉。增弟[⑨]年二十矣，负郭

---

① 道光甲辰年，即道光二十四年，公元 1844年。

② 道光丙午年，即道光二十六年，公元 1846年。

③ 疽，毒疮。多由于血液运行不良，毒质淤积而生。大而浅的为痈，深的为疽，多长在脖子、背部或臀部等地方。

④ 疟，即疟疾。以疟蚊为媒介，由疟原虫引起的周期性发作的急性传染病。

⑤ 秋试，即乡试，明、清时在各省省城举行的科举考试，考中者称举人，可赴京城参加会试。乡试一般在秋季八月进行，故又称“秋闱”“秋试”。

⑥ 道光己酉年，即道光二十九年，公元 1849年。

⑦ 奉讳，即居丧。父母没，孝子不忍言亲之名，故讳之。后人因称居丧为"奉讳"。

⑧ 晋代谢安神识沉敏，少有重名，高卧东山，屡辟不出。及桓温请为司马，始出仕治事，终为朝廷重臣。见《晋书·谢安传》。后以“出山”比喻出仕或担任某种职务，从事某种事情。此处指出仕。

⑨ 增弟，同上文“弟长未婚”之弟，即蒋增。蒋坦共有两个兄长和一个弟弟，分别为长兄蒋勤祖(字研梅)，前文提过的二兄蒋恭亮(字宾梅)，弟弟蒋增。蒋增为妾室所生。

数顷田[①]足可耕食。数年而后，当与秋芙结庐华坞河渚[②]间，夕梵晨钟[③]，忏除[④]慧业[⑤]。花开之日，当并见弥陀[⑥]，听无生[⑦]之法。即或再堕人天，亦愿世世永为夫妇。明日为如来涅槃日[⑧]，当持此誓，证明佛前。

【译文】

甲辰年秋日，同人邀我于月夜一起游览西湖。夜深时，我为风寒所侵。次日，我又与朋友在吴山笙鹤楼上集会，醉酒后，病况越发严重。我回到家中便高烧不止，险些丢了性命。靠着扶乩求来的方药，才重获新生。

过了两年，也就是丙午年，我背上之疽发作。不久后，又染上了疟疾。当时正是秋试之期，我抱病登车赴考，还没赶到考场，魂魄已几欲飞散，被仆人抬回家中。此后过了一个多月，病情方才好转。

己酉年夏日，我又犯了痔疮和痢疾，在床上躺了三个月，痛得好似皮肤被生生剥去一般。

---

① 负郭，亦作"负廓"，即靠近城郭。城郭，即城市。负郭田，即近郊之良田。

② 华通花，花坞即四面丘陵、中间平坦的种花之所，河渚即河流中的陆地。就此种地形描述和前文蒋坦对西溪的偏爱而言，这"花坞河渚"多半就在西溪湿地之中。

③ 此处梵和钟均作动词用，梵即诵经，钟即敲钟。

④ 忏除，忏悔以去除(恶业)。

⑤ 慧业，佛教用语。本指智慧的业缘，后多指对经典义理的研读。

⑥ 弥陀，即阿弥陀佛，意译为无量寿佛，西方极乐世界的教化之主。与释迦、药师并称三尊。

⑦ 无生，佛教语。谓没有生灭，不生不灭。

⑧ 如来涅槃日，即浴佛节，又称佛诞节。中国汉族地区相传农历四月初八日为释迦牟尼生日。佛寺于此日诵经，并用名香浸水，灌洗佛像。取法传说中龙王以香水洗灌悉达多太子的故事，以纪念佛的诞生，称为浴佛节。

六年之间，我三犯重病，秋芙每次必定衣不解带地亲自侍奉。秋芙本就体弱，怎能辛劳若此？因此，我病了三次，她也病了三次。

己酉年我父亲病逝，我本生性懒散，（乍逢此等变故），更是心灰意冷，绝意仕进。只是此生还有两件牵挂未了之事，一是父亲还未下葬，二是弟弟年长未婚。不过，父亲生前已经造好了坟墓，只须择一吉日便可下葬。弟弟蒋增已年过二十，家中还有数亩近郊良田，想来他至少可以温饱无忧。

数年后，我便和秋芙在花坞河渚中造一间草庐，日落时诵读经书，日出时敲响晨钟，在佛前忏除恶业，潜心研习佛法。待花开之日，我与秋芙会（同去西天极乐之境）往见弥陀，（在弥陀座前）同听无生无灭之法。即便我与秋芙再次堕于尘世，我也希望与秋芙生生世世，永为夫妻。明日是如来涅槃之日，我与秋芙当持此誓言，在佛前一表心迹。

附录一　蒋坦其人

蒋坦，字平伯，一字蔼卿，钱塘（今浙江杭州）人，生年为道光三年（1823），卒年为农历咸丰十一年辛酉年十一月（公元 1861 年 12 月），死时年三十九。

据陈继聪《忠义纪闻·蒋文学传》（载丁丙序蒋坦《西湖杂诗》，辑录于《武林掌故丛编》）："迨返杭州，而寇又至。西子湖头，尽泊炮船，罗网遍地，无由避逃。君匿身败巷，出门所见，皆恻恻无人色。久旦，厨绝炊烟，全家骨肉相继僵毙。及是冬，城再破，而君（蒋坦）亦以冻饿死矣，年约四十。"又马瑛序蒋坦《息影庵初存诗》云："咸丰乙卯……此日，小谷王君招饮半野堂，遂与蔼卿晤。年约四十许，困顿之色溢于眉睫。……壬戌省城陷，蔼卿饿死，著作不知所归，伤哉！"两处均提到蒋坦饿死于李秀成二破杭城之前。

按《增补本李秀成自述原稿注》（中国社会科学出版社 1995 年版，罗尔纲注），李秀成二破杭州在清咸丰十一年十一月二十九日（即公元 1861 年 12 月 30 日）。所以，蒋坦确切的死期当在清咸丰十一年十一月二十九日之前不久，即城破前不久，而非马瑛序中所说的壬戌年（同治元年，公元 1862 年），马瑛显然是记错了太平军二破杭州城的日期。与蒋坦一同离世的还有其一子一妾，其子当为其妾所生，两人生平不详。

陈继聪与蒋坦交情非浅，他说蒋坦去世时年约四十，应当是可信的。而马瑛说咸丰戊午年（咸丰八年，公元 1858 年）时，蒋坦年约四十许，和陈继聪的说法有些许出入。私以为，蒋坦其时困顿，不修边幅，颓唐丧志，故颇显老相，以致看起来比实际年龄要大上一些。陈继聪之说较为可靠。

蒋坦祖上世代经营盐业，家境颇为优裕。其父亲生性豪放，出手阔绰，喜欢宴饮宾客，大置房产，蓄养伶人。他家在西湖边和西溪均有宅邸，西湖边祖宅名巢园，西溪的别业名槐眉庄。蒋坦并非家中独子，他有两个哥哥和一个弟弟。蒋坦的妻子姓关名锳字秋芙，即《秋灯琐忆》中的主人公。他与秋芙于道光二十三年（1843）成婚，婚后一起住在西湖边的巢园。

蒋坦幼时从学于海盐县令黄韵珊，颇有文名，然自考中秀才之后就屡试不第。他将平时大多数的时间花在读书著述上，并自行刊刻了一些自己和秋芙的著作，以诗词集为主。另外，蒋坦在杭州的士人圈子中交游颇广，文名颇重。在他父亲去世的前几年，他家中的境况已经不似往日那般宽裕，故常常入不敷出，以致闹出了秋芙脱金钏换酒这般典故。

道光二十九年（1849），蒋坦双亲病逝，他需在家守制三年。他因数次乡试失利，本就无心科举，再加上父母去世，再无人敦促他求取功名，索性就绝意仕进，在家与秋芙潜修佛法，以诗酒自娱。其时，他的家境尚且不错。陈继聪《忠义纪闻·蒋文学传》云："时父已卒，遗产尚饶。"蒋坦自己也在《秋灯琐忆》中说，父母去世时，他家在近郊尚有数顷良田，足以供养其弟。而且彼时他尚有"结庐华坞河渚间"之余力。

然而，短短数年间，咸丰八年（1858），蒋坦已是"困顿之色溢于眉睫”“不事修饰，虱缘于须，左右有唾之者”（马瑛序蒋坦《息影庵初存诗》），一副穷困潦倒的模样，被旁人所唾弃。究其原因，应当是妻子去世和染上毒品所致。

据《愁鸾集》（蒋坦自行刊刻的一本亡妻的诗集）蒋坦序：“丁巳正月廿一日，亡妇关孺人殁于外家。”也就是说，其妻关锳于咸丰七年（1857）正月二十一日在娘家去世。妻子去世后，蒋坦顿失倚靠，竟迅速沾染上了鸦片（马瑛序蒋坦《息影庵初存诗》：“镇日以阿芙蓉自娱。”），以致倾颓委顿如此。陈继聪《忠义纪闻·蒋文学传》中说得比较委婉，只说：“君自后更落拓无聊，多混迹歌场。久之，遗产斥卖一空，萧然四壁。偕一子一妾栖园中，每饔飧不给。”并没有提到吸食鸦片一事。然而无论是吸食鸦片的蒋坦，还是混迹歌场的蒋坦，都与之前发誓与妻子结伴在青灯下礼佛的蒋坦判若两人。可见情之一物，既是一服使人神志清明的良药，亦是一剂摧人心肝的毒药。

蒋坦是一个至情至性的人，却每每要作无情无欲之语。他希冀以佛家的无生忍之理逃避对妻子离去的恐惧，逃避对现实生活的不满，但最终，他还是投入世俗欲望的怀抱，借鸦片和声色麻醉自己。佛家云四大皆空，方能即身成佛。蒋坦这等至情至性之人，又怎能四大皆空？又怎能勘得破红尘？

俗世种种，譬如朝露，过眼即忘，唯有这文字中真挚的情意，当永世流传。

附录二　秋芙小传

关锳，字秋芙，一字芙蓉，法号妙妙道人。其娘家在绍兴，与蒋坦成婚后，大部分时间都住在西湖边的巢园。她出生于道光二年（1822）；与蒋坦成婚于道光二十三年（1843），即她二十二岁那年；去世于咸丰八年（1858），终年三十六。她与蒋坦共同生活了十五年，十五年说长也不长，毕竟不过只是这纸上字里行间的弹指一瞬；十五年说短也不短，毕竟这几乎是她半生的因缘。

在我所查阅到的资料中，并没有多少对秋芙娘家人的记载，仅知道秋芙有弟妹五人，她与妹妹关锜（字侣琼）和关锦（字佩琪）最为友善。秋芙回娘家养病，幸赖关锜悉心照顾，方才得以痊愈。而关锦年幼便聪颖过人，小小年纪就能在弈之一道上击败自诩为善弈的蒋坦，但无奈红颜薄命，先秋芙两年去世。

秋芙自幼就学习诗词、书画和琴技。据清末民初周庆云《历代两浙词人小传》卷十四记载："〔关〕锳，字秋芙，钱塘人，诸生蒋坦室。学书于魏滋伯、吴黟山，学画于杨渚白，学琴于李玉峰。镜槛书床，可想文采，善病工愁，终归学佛。著有《梦影廔词》。"魏谦升（字滋伯）、吴冕（字黟山）和杨澂（字渚白）都是当时钱塘颇有名望的文人，李玉峰则是当时著名琴师王泽山的弟子。由此可见，秋芙是大家闺秀出身，关家很重视对家中女儿的教育，在当时亦属于开明一脉。

中国的清朝时期出现了一个很有意思的现象，即闺阁诗人的大量涌现，民国施淑仪的《清代闺阁诗人征略》中就记载了一千二百六十余名闺阁诗人的事迹，其中就包括秋芙。《清代闺阁诗人征略》中收录了秋芙《梦影廔词》自序，兹录于下：

余学道十年，绮语之戒，誓不堕入。于归后，为蔼卿牵率，卒蹈故辙，然闺房倡酬得亦旋弃。自交沈湘佩、湘涛诸君，笺筒往来，人始有知余词者。迩来篇章较多，蔼卿为存数十首，梓行之尘世间，于是知有《梦影廔词》矣。噫！一念之妄，坠身文海，《梦影廔词》岂久住五浊恶世间者，譬如鸣蜩嘒嘒，槐柳秋霜，既零遗蜕，岂惜白云溶溶。余其去缑山笙鹤间乎，文字赘疣耳。蔼卿盍亦弃此而从我游也！

这些闺阁诗人便是民国时期涌现的大量诸如张爱玲、林徽因、萧红之类的优秀女性文人的滥觞。而且从清初到清末这二百多年的历史中，社会风气中男尊女卑的现象无疑是逐渐改善的。以忆语而论，清初冒辟疆对董小宛的态度，和清末陈裴之对紫姬的态度，可谓是截然不同的。但无论是冒辟疆还是陈裴之，都不似蒋坦对秋芙那般平等相待，相爱相敬。

秋芙在当时的钱塘闺阁诗人中交游颇广，往来最频繁者当属其在自序中提到的沈涟清（字湘涛）、沈善宝（字湘佩）姐妹。此外，还有李湘纫（字佩秋）、韩瑛（字菊如）、汪淑娟（字玉卿）等人。秋芙刊行于世的著作除《梦影廔词》外，还有蒋坦在秋芙死后为亡妻所编的《三十六芙蓉馆诗存》。今人往往将《梦影廔词》误作《梦影楼词》，可谓大谬。廔为绮窗之意，即雕饰精美的窗户，廔与楼并不互通。蒋坦在《秋灯琐忆》中曾提起他在一日清晨看到窗户上映着一道女子梳妆的倩影，不知与此是否有所关联？

秋芙体弱多病，身患顽疾。蒋坦在《秋灯琐忆》中记载，他曾三患重病，而秋芙因照顾蒋坦而积劳成疾，亦三次患病。此外，道光庚戌年，秋芙母亲病重，秋芙回家探母，不久后亦病重，卧床两月不起。五年后，咸丰乙卯年，秋芙妹妹关锦去世。秋芙闻讯大恸，旧疾复发，一病不起，一年多后于娘家溘然长逝。秋芙曾对蒋坦说过："人生百年，梦寐居半，愁病居半，襁褓垂老之日又居半，所仅存者，十一二耳。况我辈蒲柳之质，犹未必百年者乎！庾兰成云：'一月欢娱，得四五六日。'想亦自解语耳。"这于她而言，倒是最为确切的写照。

但秋芙并未镇日沉湎于愁病之中，她与蒋坦诗词互答，一起游历名胜，抚琴弈棋，礼佛学道，偶尔还作些玩笑之语。蒋坦父亲去世后，家中日益困窘，而秉持着旧日文人习性的蒋坦，花钱亦丝毫没有节制，但秋芙对蒋坦始终不离不弃，尽力为之周全。蒋坦与友人集会，家中无钱买酒，为了让蒋坦与友人可以尽兴，不让蒋坦失了面子，秋芙脱下金钏去市集连夜典当换酒。

然而，秋芙不像被冒辟疆遗弃后却一意追随、对冒辟疆百依百顺的痴情女子董小宛，也不像为陈裴之辛苦操持、鞠躬尽瘁的紫姬，她并不是一个恪守三从四德的标准的旧时代女性。从蒋坦的文字中，我们可以得知他和秋芙曾经有过争吵，两人之间也有过猜疑。因蒋坦的挥霍无度，秋芙甚至一气之下回了娘家。平日的生活里，秋芙对蒋坦多有提点劝诫，令蒋坦受益良多。对于某些男子来说，秋芙并不完美，她多愁善感，体弱多病，有自己的主见和坚持，其才能相比蒋坦来说也不遑多让。她太过于真实和平等。

两个人在一起过日子，不应该只是搭伙过日子，纯为了生育子嗣之功用。我以为，一个可以相处一生的爱人，是真正了解对方后，依然能够坦然接受对方身上所有优缺点的人，她更像一名互相理解和倾慕的知交，而非一个可以无微不至地照顾自己的母亲，或是一个对自己言听计从的婢女。所以,我很喜欢蒋坦笔下如此真实的秋芙，也喜欢蒋坦和秋芙如此真实的爱情。

读完了《秋灯琐忆》，了解了蒋坦和秋芙的故事，在初时的扼腕叹息之后,我沉下心来再度细思,居然在心中感受不到一丝惆怅之气，我想，这或许就是蒋坦文字和秋芙的可爱之处吧。

附录三　蒋坦家族成员

父亲蒋焜（？—1849），蒋焜，字书奴，钱塘诸生。丁申、丁丙编《国朝杭郡诗三辑》卷三十八载："蒋焜，字书奴，钱塘诸生。书奴与蒋村（蒋炯，蒋焜兄，号蒋村）为昆仲行，渊源有自，风雅斯崇。尝筑槐眉山庄于西溪，书画琴尊，日涉成趣。凡河渚芦葭，永兴梅竹，探讨几遍。后复买屋于城东仓巷，命子蔼卿、妇关秋芙居之，己则策一蹇驴往来其间，行歌弗辍。时人目为诗呆。"

大伯父蒋杰，二伯父蒋炜。（据王昶《蒋氏祠堂碑记》）三伯父蒋炯，字葆存，号蒋村，仁和贡生，官湖北广济知县，有《蒋村草堂稿》。（据《国朝杭郡诗三辑》。）

嫡母俞氏，继母鲍氏、徐氏。

生母汪玉仙（？—1843），曾从学于诗人陈文述和女诗人归佩珊。本为妾室，道光四年（1824），正室徐氏卒，蒋焜将汪氏扶为正室。

姨娘楼氏，蒋焜妾室，蒋坦弟蒋增生母。（以上皆据蒋焜为蒋坦《花天月地吟》所作跋文。）

妻子关锳（1822—1857），字秋芙，一字芙蓉，号西湖长，钱塘人，未育有子女，详见本书《秋芙传》。

妾一名，姓名不详，当是蒋坦在秋芙死后所娶，纯为延续香火。据陈继聪《蒋文学传》："君自后更落拓无聊，多混迹歌场。久之，遗产斥卖一空，萧然四壁。偕一子一妾栖园中，每饔飧不给。……久旦，厨绝炊烟，全家骨肉相继僵毙。及是冬，城再破，而君亦以冻饿死矣，年约四十。"由此可知，其妾和妾生之子皆死于太平军第二次围杭州之时，即咸丰十一年(1861)。又据马瑛《息影庵初存诗》跋："明年(1859)余至武林，客严氏富春山馆。……余遂访之巢园，墙垣四圮，破屋两椽，饭无厨灶，埋锅而炊，寝无帷床，支板而息。一赤脚老丑之婢执爨，子三四龄，亦蓬跣无人色。蔼卿出诗话，印有样本示余，已成帙矣。"此老丑之赤脚婢或即为蒋坦妾，彼时蒋坦太过困顿，当无钱再雇用婢女。又据蒋坦1857年五月一日所作悼亡诗："娇儿耶当母，贱妾病持家。"可推知蒋坦子出生年份应为1857年秋芙去世后。

长兄蒋勤祖，字研梅。

次兄蒋恭亮(？—1861)，字宾梅，与蒋坦交谊甚厚。与蒋坦一样，同死于太平军第二次围杭州之时。《国朝杭郡诗三辑》卷七十九："蒋恭亮，字宾梅，钱塘诸生，有《花韵轩诗钞》。宾梅素性慷慨，豪于诗酒，不事科举。游淮扬间，跌宕文史，声誉日起，归里僦居西湖，与从弟蔼卿、妻陈氏时相唱和，联吟刻烛，极一门之盛。又尝戏集同人姓名为酒榜，大都憔悴之士所以寓意也。辛酉死于发逆之乱。"

二嫂陈湘英，字云灿，号花溪女史，海宁人，与秋芙时常酬唱往来。《国朝杭郡诗三辑》卷九十七："陈湘英，字云灿，号花溪女史，海宁人，钱塘诸生蒋恭亮室。女史少工吟咏，尤善倚声，与娣妇关秋芙唱妍酬丽，相得益彰。"

弟弟蒋增，蒋坦姨娘楼氏所生，深受蒋坦爱护。(据蒋焜为蒋坦《花天月地吟》所作跋文。)

侄子蒋承俭、蒋师俭，长兄蒋勤祖之子。《国朝杭郡诗三辑》卷八十三有"蒋承俭""蒋师俭"条。"蒋承俭"条云："蒋承俭，字敬哉，钱塘人。"收有《宾梅从父花韵轩稿题词》一诗。"蒋师俭"条云："蒋师俭，字雨亭，钱塘人。"收有《敬题宾梅从父诗词合钞》一诗。

附录四　蒋坦与秋芙年表

清道光二年壬午（1822），蒋坦未生，秋芙一岁

正月二十一日，秋芙出生。据黄金台《木鸡书屋文五集·女士关秋芙传》："秋芙名锳，钱塘人。岁在癸卯，归蒋蔼卿茂才……卒于咸丰丁巳正月廿一日，年只三十有六……叹走马于四门，殁日恰同诞日（生辰亦在正月廿一）。"又蒋坦《愁鸾集》中《悼亡诗八十首》第三十首云："风鬟雾鬓去匆匆，生死轮回一日中（妇生殁同一日）。却忆前年病时节，高楼初过试灯风。"可知秋芙生日与忌日在同一天，其生日在道光二年正月廿一日，其忌日在咸丰七年正月廿一日。

清道光三年癸未（1823），蒋坦一岁，秋芙二岁

七月三日，蒋坦出生，排行第三。此时清朝的政局已渐显颓势，短短数十年后，鸦片战争和太平天国起义相继爆发。内外交困之下，清王朝步上了穷途末路，而百姓自然也脱离不了乱离人的命运，蒋坦就死于四十年后的兵燹。

四年甲申（1824），蒋坦二岁，秋芙三岁

继母徐氏卒，蒋坦生母妾室汪玉仙被扶为正室。

七年丁亥（1827），蒋坦五岁，秋芙六岁

正月十五元宵，秋芙随父亲来蒋府贺岁。两家大人见蒋坦与秋芙嬉戏模样，遂起了结亲之意。

蒋坦五岁入蒙馆，在万松岭敷文书院从学于俞兴瑞，“生秉异质，数行俱下”。

数月后，秋芙随父亲来蒋家巢园赏牡丹。两家大人请俞兴瑞为媒人，订下婚约。按照旧俗，此后至正式成婚前，蒋坦与秋芙不得见面。

十二年壬辰（1832），蒋坦十岁，秋芙十一岁

正月时，蒋坦前往关家贺岁，见一青衣小丫鬟拥一美丽女孩上车而去，此即秋芙。

春，晚清诗人黄燮清设学馆于杭州，蒋坦从学于黄燮清。

十四年甲午（1834），蒋坦十二岁，秋芙十三岁

蒋坦从舅父鲍为霖学制艺（应试之八股文）。

二十二年壬寅（1842），蒋坦二十岁，秋芙二十一岁

十二月，蒋坦通过县学考试，成为县学生员（俗称秀才）。蒋焜命蒋坦拜访关家，告知岳丈这个消息。在关家庭院中遇到了穿着貂皮大衣、站在蜡梅花之下的秋芙。随着一声银钩，秋芙的身影倏然不见。

1840年，鸦片战争爆发，标志着中国历史从此步入近代史。1842年，中英《南京条约》签订，乱世的帷幕就此拉开。战火波及江浙一带，但未延及杭城。

二十三年癸卯（1843），蒋坦二十一岁，秋芙二十二岁

夏，蒋坦生母汪玉仙去世。蒋坦诗《出门二十首》云："二十入我门，登堂拜姑舅。我方丁母艰，婚仪苟从简。"由此可知，蒋坦生母去世与其成婚在同一年。

七夕，蒋坦与秋芙完婚。

二十四年甲辰（1844），蒋坦二十二岁，秋芙二十三岁

夫妇二人从西溪的槐眉山庄移居西湖巢园。

五月，蒋坦撰成《花天月地吟》诗集。其父蒋焜作跋文，次兄蒋恭亮和友陈文述作序。

秋，蒋坦与友人一同在月夜游览西湖，为风寒所侵。次日，蒋坦又与朋友在吴山笙鹤楼上集会，醉酒后，病况越发加重，回到家中便高烧不止，险些丢了性命。靠着扶乩求来的方药，方才得以康复。

此年，蒋坦赴曹娥江，秋芙病重，不能偕行。

二十五年乙巳（1845），蒋坦二十三岁，秋芙二十四岁

初刊《花天月地吟》八卷。

秋冬之际，残雪放晴，蒋坦与秋芙访华坞丶斋，游永兴寺，登二雪堂，溪上寻济公炙背鱼、翦尾螺圣迹。次日，又访西溪交芦、秋雪诸庵。

二十六年丙午（1846），蒋坦二十四岁，秋芙二十五岁

秋，蒋坦背上痈疽发作，不久后又染上疟疾，抱病赴秋试。还没赶到考场，已痛苦难熬，无法坚持，被仆人抬回家中。此后过了一个多月，病情方才好转。

二十七年丁未（1847），蒋坦二十五岁，秋芙二十六岁

蒋坦诗集《红心草》初刊。秋芙为《红心草》题词，释真默、余庆（字丰农）、伊念曾（字少沂）、魏谦升（字滋伯）为《红心草》作序。

秋季，钱塘遭灾，佃田歉收，夫妻俩手头益发拮据。

冬季，县令伊少沂进京接受吏部考核，蒋坦与二十余友人在家中草堂为他饯行。中途酒水告罄，家中却已无余财，秋芙遂脱下玉钏，典当换酒。

二十八年戊申（1848），蒋坦二十六岁，秋芙二十七岁

秋，蒋坦寄给当时归宁的秋芙一首七言古诗，颇道出了这几年夫妻生活中一些矛盾和不易之处。

蒋坦《樊榭山房游仙三百首诗注》初刊，王锡龄、丁文蔚、秋芙、秦云等人题词。《樊榭山房游仙》即清代文学家厉鹗的诗集《游仙百咏》和《续游仙百咏》。

二十九年己酉（1849），蒋坦二十七岁，秋芙二十八岁

蒋坦父亲去世。

初夏，杭城水灾，夫妇所居草堂一带成了一片泽国。半颠寄

书信邀蒋坦去西湖边葛岭葛林园居住，于是蒋坦与秋芙前往葛林园暂居。

夏秋之季，蒋坦又犯了痔疮和痢疾，卧床三月不起。

秋，蒋坦辑《闺雅》二十八卷，有丁丙正修堂抄本，今仅存残本八卷。

三十年庚戌（1850），蒋坦二十八岁，秋芙二十九岁

其年，先是秋芙母亲病重，秋芙回娘家省亲。不久后，秋芙亦病重，卧床不起长达三个月，幸赖妹妹关锜（字侣琼）悉心照料方得康复。（据蒋坦诗《壬子落第寄妇二首》："爰忆岁庚戌，汝病三月奇。先是汝母病，汝归不违汝。继闻汝亦病，始骇还复疑。"秋芙病重一事《秋灯琐忆》中亦有提及。）

此年年末，太平军与清军正式展开战斗。1851 年，金田起义爆发，对中国近代史有重大影响的太平天国自此登上历史舞台。1853 年，太平军攻克江宁（今南京），随后定都江宁，改名天京。1860 年，李秀成等部攻入浙江，并于 1860 年 3 月和 1861 年 12 月两破杭城。其中 1861 年李秀成等部围困杭城长达两个多月，杭城数十万百姓冻饿而死，幸存者不足十一，蒋坦和其子、妾均死于此时。个人的命运终究难以躲过时代车轮的碾压，可叹，亦可悲。

咸丰二年壬子（1852），蒋坦三十岁，秋芙三十一岁

自蒋坦成为秀才后，他屡次参加乡试，均名落孙山。再加上几年前他的双亲相继病故，故此次落第后，他遂绝意仕进。（据蒋坦诗

《壬子落第寄妇二首》。)

《秋灯琐忆》初刊，扉页上题“巢园藏板”。

四年甲寅(1854)，蒋坦三十二岁，秋芙三十三岁

蒋坦师黄燮清年五十居家，为蒋坦绘《秋林著书图》。清末词人谭献校订蒋坦《百合词》稿，后谭氏编《箧中词》，因《百合词》刻本久佚，从黄燮清《词宗续编》补录蒋坦词两首。

五年乙卯(1855)，蒋坦三十三岁，秋芙三十四岁

蒋坦与秋芙游贡院。秋芙坐蒋坦旧时舍号，叹息曰：“惜此身不是男儿，未能与君等下一死战。”

八月十八日，蒋坦同黄燮清、黄梅汝、王秋生、王珠垣、王广文游西湖净慈寺、石屋洞、烟霞寺、理安寺、虎跑泉等名胜古迹。

八月十九日至二十九日，蒋坦与丁文蔚诸人游西溪华坞、永兴寺、洞霄宫等处。

十月，秋芙妹关锦(字佩琪)去世，秋芙闻讯大恸，旧疾复发，以致芳华早逝。(据蒋坦诗题记：“内妹佩琪殁在乙卯十月，妇闻信一恸，病从此始矣。)

六年丙辰(1856)，蒋坦三十四岁，秋芙三十五岁

秋，秋芙病情加剧。九月十五日，岳母未告知蒋坦，就将秋芙接回绍兴。

七年丁巳（1857），蒋坦三十五岁，秋芙三十六岁

元旦，蒋坦夜梦头发无故尽落，自知不祥。

正月二十一日，秋芙病逝于绍兴娘家。

秋芙亡故后三日，蒋坦设灵于家而祭。

五月一日，秋芙百日忌辰，蒋坦赋诗四首焚寄，兹录于下：

世乱文名贱，年荒酒债加。娇儿耶当母，贱妾病持家。痛子先朝露[①]，愁余益鬓花。因缘苟如此，何止等河沙[②]。

地僻逢人少，身闲与佛亲。米盐兼迫我，骨肉只看人。世事欢成痛，孱躯病过春。悠悠思往昔，能不怆安仁[③]。

乱绿吹风雨，残灯醒到明。心烦憎梦杂，恩重觉身轻。末路惭童仆，余年望友生。此生心已死，不敢说多情。

今日菖蒲酒[④]，依然醉汝旁。人皆恋房室，吾独哭糟糠。自觉浮生苦，反嫌岁月长。别来今百日，愁病未离床。

八月，秋芙遗作《三十六芙蓉馆诗存》初刊，并附《秋灯琐忆》

---

① 朝露，早上的露水，比喻生命短暂或事物不能久存。

② 河沙，恒河沙，佛教以为佛世界如恒河沙数，多至不可胜数。

③ 安仁，西晋文学家潘岳字。其妻杨氏早夭，潘岳为之作《悼亡诗》三首，开悼亡诗之先河。

④ 菖蒲酒，用菖蒲叶浸制的药酒。旧俗农历五月初五端午节饮之，谓可去疾疫。

和蒋坦悼亡诗《愁鸾集》。

八年戊午(1858),蒋坦三十六岁,秋芙已逝

冬,同人在半野堂聚会饮酒,马瑛第一次见到蒋坦。其时,蒋坦"年约四十许,困顿之色溢于眉睫,镇日以阿芙蓉自娱,一灯之下,诗稿满焉。不事修饰,虱缘于须,左右有唾之者"。蒋坦此时已经染上了鸦片,一副落拓模样,为当时的士人阶层所不齿。

九岁己未(1859年),蒋坦三十七岁,秋芙已逝

秋,王景曾来杭州参加乡试,寓居于蒋坦家。陈继聪访蒋坦,蒋坦留其与王景曾共饮。王景曾誉陈继聪能古文,蒋坦遂托陈继聪撰写《关孺人传》,并赠以自己的诗集、《秋灯琐忆》及秋芙词稿。

秋,马瑛访蒋坦于巢园。其时,"墙垣四圮,破屋两椽,饭无厨灶,埋锅而炊,寝无帷床,支板而息。一赤脚老丑之婢执爨,子三四龄,亦蓬跣无人色"。蒋坦的处境已越发地困窘。

十年庚申(1860),蒋坦三十八岁,秋芙已逝

三月,太平军攻克杭州。蒋坦为避兵祸,偕子、妾和数名家人奔慈溪,依其友王景曾。

四月,避乱慈溪黄山,作《黄山小志》。

十一年辛酉(1861),蒋坦三十九岁,秋芙已逝

蒋坦自慈溪归杭后数月,王景曾大醉得疾,竟不起。四月,王景曾卒,享年四十岁。

农历九月初八（公历 10 月 21 日），太平军第二次进攻杭州。农历十一月二十八日（公历 12 月 29 日），杭州城破。太平军攻陷杭州前不久，蒋坦及其子、妾即在围城中冻饿而死。

蒋坦终年三十九，秋芙终年三十六，两人均还未至不惑便溘然长逝，才子佳人，奈何命运多舛。

附录五 《秋灯琐忆》原序

魏谦升

昔读易安居士所为《金石录后序》，赌茶读画，不少敷陈；镜槛书床，可想文采。今观蔼卿茂才《秋灯琐忆》一编，比“水绘影梅”[①]诸作，情事殊科，词笔同美。

夫其洞房七夕，始自定情；梵夹三乘[②]，终于偕隐。十年湖上，千诗集中；环阶流水，所居楼台。当户远山，相对屏障；饮渌餐秀，倡妍酬丽。从来徐淑[③]，不仅篇章；自是高柔，无需爱玩[④]。筼谷晚食，文不独游[⑤]；莲庄夏清，赵乃双笑[⑥]。闺房之事，有甚画眉[⑦]；香艳之词，

---

① 冒襄和董小宛曾居江苏如皋水绘园，故此处称《影梅庵忆语》为“水绘影梅”之作。

② 梵夹，亦作“梵荚”，佛经。三乘，佛教小乘、中乘、大乘。

③ 徐淑，东汉女诗人，夫秦嘉死后守寡终生。现仅存《答秦嘉诗》一首。

④ 高柔，东晋名士。此句出自孙统《高柔集叙》：“柔家道隆崇，既罢司空参军、安固令，营宅于伏川，驰动之情既薄，又爱玩贤妻，便有终焉之志。”此处的爱玩指因喜爱而玩赏。

⑤ 语出自苏轼《文与可画筼筜谷偃竹记》：“〔文〕与可是日与其妻游〔筼筜〕谷中，烧笋晚食，发函得诗，失笑喷饭满案。”文与可即文同，宋朝著名画家、诗人。此处因排偶而省称“筼筜谷”为“筼谷”。

⑥ 莲庄应是赵孟頫别业莲花庄的省称，夏清应指夏日凉爽，双笑不知出典何处。

⑦ 有甚画眉，《汉书·张敞传》：“（敞）又为妇画眉，长安中传张京兆眉妩。有司以奏敞。上问之，对曰：‘臣闻闺房之内、夫妇之私，有过于画眉者。’”

罔恤多口。恐识麟楥[1]，遂谢鹤书[2]；诗好抱山，词工饮水。偶成小品，首示鄙人；闲述闲情，弗删绮语。多生慧业，刹那前尘；顶礼金仙，心香琼馆[3]；更积岁月，重出清新。

神仙眷属之羡，当不止如《漱玉》之所序矣[4]！

咸丰壬子岁六月辛丑立秋日，皋亭山民魏滋伯书于小戆窝。

---

① 楥通楦，麟楥即麒麟楦，唐朝人称演戏时装假麒麟的驴子叫麒麟楦。明代陶宗仪《说郛》引唐代张鷟《朝野佥载》："唐杨炯每唤朝士为麒麟楦。或问之，曰：'今假弄麒麟者，以修饰其形，覆之驴上，宛然异物。及去其皮，还是驴耳。'无德而朱紫，何以异是。"此处形容无德的官吏。

② 鹤书，书体名，也叫鹤头书。古时用于招贤纳士的诏书。亦借指征聘的诏书。

③ 琼馆，神仙居所。苏轼《洞霄宫》诗："上帝高居悯世顽，故留琼馆在凡间。"

④《漱玉》，即李清照词集《漱玉词》。

附录六　蒋文学坦

陈继聪[①]

蒋君坦，字平伯，钱塘人，世业盐策[②]。父某挥霍，爱宾客，置园亭台榭，蓄女伶歌儿，以豪侠称于时。君生禀异质，读书数行俱下，弱冠善文章、工书法。父命从海盐黄韵珊[③]大令游，学益进，才名藉藉。然自为诸生不利场屋[④]，遂厌弃举子业，益肆力诗、古文辞。妻关孺人[⑤]，名秋芙，同县名族女，娴倚声[⑥]，解弹琴，而性好佛。自归君，尝劝纳妾。因筑别室供礼金仙。每五更起跪诵，梵咒声绝哀。询其故，答曰："尘世最苦，况女人身。愿借慈悲，早离孽海。"由是君亦喜内典[⑦]。

夫妇偕隐家园，绝无簪绂[⑧]之念。时父已卒，遗产尚饶。而君倜傥有先人风，文坛吟社，高朋满座。春秋佳日，辄画舫樽榼，玩游孤山间。夏则避暑西溪别墅。关孺人亦侠甚，每遇燕客，从锦屏

① 陈继聪，字骏孙，号退安居士，宁波人。此篇录自丁丙辑《西湖杂诗》《扬清祠志》合刊本转引陈继聪《忠义纪闻录·蒋文学坦》。

② 盐策，盐务。世业盐策，世代从事食盐生意。

③ 黄韵珊，即黄燮清，原名宪清，字韵甫，号韵珊，浙江海盐人。清末诗人、剧作家。曾官宜都、松滋知县，故称其为大令。

④ 场屋，科举考试的场所。

⑤ 孺人，古时称大夫的妻子，明清时为七品官的母亲或妻子的封号。也用对妇人的尊称。

⑥ 倚声，按谱填词。

⑦ 内典，佛教徒称佛经为内典

⑧ 簪绂，冠簪和缨带，古代官员服饰。亦用以喻显贵，仕宦。

后窥之。或即席斗诗有佳句，命侍儿取观之，评以甲乙。饮久瓶罄，则手脱金钏付君，为沽酒赀。以故，西泠才人无不知有秋芙女士。未几，孺人病死，临去了了念六如偈[①]。闻者叹为得力净修。君哀之甚，为制《秋灯琐忆》[②]，皆幽闺遗事，文极俊雅，视冒辟疆《影梅庵忆语》更过之。

君自后更落拓无聊，多混迹歌场。久之，遗产斥卖一空，萧然四壁。偕一子一妾栖园中，每饔飧不给。然尚日事吟哦，索句于荒畦老树边。会伊少沂、朱述之[③]两明府夙爱其才，遇有所作，委之捉刀，得稍借买文钱以度日。无何，金陵贼间道犯杭州。君在围城中，刁斗烽火，梦寐惊心。俄而省垣陷，贼挨户搜牢。君眷属幸脱锋刃，得不死。寇退，家山残破，势不能居，乃挈子、妾及姻戚数人走慈溪，依其友王广文景曾。

王广文者，字伴石，家慈之王山，先世甚富，亦以高才能诗、豪宕自喜落其产者。然其人故义士，见君携眷至，让宅以居，日用供给，绝无吝色。时四明[④]亦多风声鹤警。两人饮酒辄悲，自念身既潦倒，又遭百六厄运[⑤]，不知下场作何收束。扰扰人世，真是无边苦海。追忆秋芙孺人，撒手先去，不罹兵劫，何异登仙证佛。为之相对呜

---

① 六如偈，语出自《金刚经》："一切有为法，如梦幻泡影，如露亦如电，应作如是观。"大意指世事之变幻无常。苏轼爱妾朝云亦信佛，口诵六如偈而逝，见《东坡全集·与李方叔四首》。

② 此处陈继聪记载有误，《秋灯琐忆》为蒋坦在秋芙生前所作。

③ 伊少沂见前文注。朱述之，即朱绪曾，清末诗人，曾官台州知府，故称其为明府。

④ 四明，宁波的旧称。

⑤ 古代以一百零六为象征灾厄之数。

咽。既而抚军王壮愍公[1]莅任，整顿戎备，招集流亡，会城[2]颇有起色。君因思故乡风景，大有归志。广文坚留之，不从，而赀斧[3]无所措。广文拮据谋之，得数百金，乃贶以行。

迨返杭州，而寇又至。西子湖头，尽泊炮船，罗网遍地，无由避逃。君匿身败巷，出门所见，皆恻恻无人色。久旦，厨绝炊烟，全家骨肉相继僵毙。及是冬，城再破，而君亦以冻饿死矣，年约四十。君博览群籍，才最敏，为骈体文，顷刻可就。貌颇寝陋，而关孺人姿致妍淑，闺中互相敬爱。君著有《三十六芙蓉馆诗集》，孺人亦有词稿，已付剞劂[4]，今皆毁于兵燹。君束发结友，声气甚广。临难周之者，王广文一人，然终无裨于其死。广文自君回杭，未数月，大醉得疾，竟不起，盖先君而殁。犹幸不见贼之蹂躏明州也！（退安居士笔记。）

论曰：余与王广文最契。岁己未[5]秋，广文应试省门，寓蒋君家。余访之，辄留饮，每以莼羹饷我。蒋君在座，广文誉我能古文，遂以《关孺人传》相属，而手持诗集、《秋灯琐忆》及孺人词稿相赠。既而余报罢[6]，意绪甚恶，竟不果为孺人作文也。迨寇难起，两君相继猝逝。思其平生欢好之谊，为之黯然。而蒋君死围城，尤惨。因为之传，并以孺人及广文牵连书之云。

---

① 王壮愍，即王有龄，字英九，号雪轩，谥号壮愍，侯官（今福州市区）人，官浙江巡抚，故称其为抚军。

② 会城，即省城。

③ 赀斧，指盘缠。

④ 剞劂，刻镂的刀具，借指雕版印刷。

⑤ 咸丰己未年，即咸丰九年，公元1859年。

⑥ 报罢，科举落第。

附录七 《西湖杂诗》序

丁 丙[①]

平伯，一字蔼卿，所居在城东仓巷，别筑枕湖吟馆于水磨头中，有夕阳红半楼。湘帘棐几，掩映垂杨，赌酒联吟，招邀胜侣，《西湖杂诗》殆征于时，时年才二十许也。初刊《花天月地吟》，续刊《红心草》，后删存复刊，为《息影庵稿》八卷。淑丽关孺人，名锳，字秋芙，所著则名《三十六芙蓉馆诗词稿》。印本皆罹兵火，殊可痛惜。

忆咸丰五、六年间[②]，高茶庵[③]兄馆长庆街姚悦斋舅氏家，课洪甫表弟。余时时过从。蔼卿亦来谈艺，声音笑貌，恍惚犹在。今刊其百咏入《武林丛编》。思属茶庵序之，茶庵旋没于闽中，益增腹痛。光绪癸未[④]小春，薄游沪上，见镇海陈继聪撰《忠义纪闻》，录得蔼卿列传一篇，并摹蔼卿三十岁小像，亟置卷端，俾后之诵其诗者兼知其生平矣。钱塘丁丙撰。

---

① 丁丙，与其兄丁申均为清末著名藏书家。辑有《武林掌故丛编》《武林往哲遗著》等，对杭州人文历史的传承有着巨大的贡献。他和兄长丁申还为文澜阁四库全书的补全工作贡献良多。此篇录自丁丙辑《西湖杂诗》《扬清祠志》合刊本。

② 即1855、1856年间。

③ 高茶庵，即高望曾，字稚颜，号茶庵，仁和（今浙江杭州）人。

④ 光绪癸未，即光绪九年，公元1883年。

附录八 《息影庵初存诗》跋

马 瑛[①]

咸丰乙卯[②],读书稽山[③],始交何子镜山。尝于其案头见《息影庵诗》，把玩不释手，镜山即以见赠。遇有索余作字者，每录其词，固未尝谂其人也。戊午[④]冬，镜山忽告予曰：“子乐诵其诗之蒋君今在。见子之与人书多录其诗也，愿一觏止。”此日，小谷王君招饮半野堂，遂与蔼卿晤。年约四十许,困顿之色溢于眉睫,镇日以阿芙蓉[⑤]自娱，一灯之下，诗稿满焉。不事修饰，虱缘于须，左右有唾之者。蔼卿于篝下出一纸示余，乃赠余七古，激昂慷慨，有金石声。后为友携去而亡其词，仅忆有云：“已教片语感平生，相逢何必曾相识。”并约来岁秋试相待于巢园。索余诗数篇,称泐[⑥]之诗话中。时同坐若赵君益甫、王君缦卿、余君晓云，皆以名士自负，颇短蔼卿。余君甫

---

① 马瑛，字芸苔，余不详。《息影庵初存诗》跋分三段，作者分别为马瑛、边瀹慈和顾廷龙。此跋文对蒋坦遭难前几年的落魄生活和蒋坦的文学成就多有描述，故录此备考。

② 咸丰乙卯年，即咸丰五年，公元1853年。

③ 稽山，会稽山的省称，位于绍兴市郊。

④ 咸丰戊午年，即咸丰八年，公元1858年。

⑤ 阿芙蓉，即鸦片。据明代李时珍《本草纲目·谷二·阿芙蓉》：“阿芙蓉前代罕闻，近方有用者，云是罂粟花之津液也。罂粟结青苞时，午后以大针刺其外面青皮，勿损里面硬皮，或三五处。次早津出，以竹刀刮，收入瓷器，阴干用之。故今市者，犹有苞片在内。”

⑥ 泐，铭刻。又指用笔书写于纸上。

获秋荐[1]，席中让蔼卿曰："子作赠诗纨[2]，有'薄俗文章一第尊'，不明明骂我耶？"蔼卿大笑，诸君愈怒，几欲攘臂，赖小谷劝而止，蔼卿遂行。

明年余至武林，客严氏富春山馆。一日携从游严少卿，步孤山，遇蔼卿，云遍觅余踪，不可得，已仆仆[3]十一日矣，责余爽约。余遂访之巢园，墙垣四圮，破屋两椽，饭无厨灶，埋锅而炊，寝无帷床，支板而息。一赤脚老丑之婢执爨，子三四龄，亦蓬跣无人色。蔼卿出诗话，印有样本示余，已成帙矣。

及庚申春，贼突入会垣[4]，事平，闻蔼卿无恙，冒刃护其书板，得未毁。壬戌[5]省城陷，蔼卿饿死，著作不知所归，伤哉！余挟是编至明州[6]，乱后遗其半。任丘边仲思师[7]守明州，长公云航[8]见而欲之。云航博雅工诗，遂出以相赠。辛未[9]，云航成进士，宰豫州之宝丰，辛巳[10]卒于官，遗籍数千卷，载归金陵。余适在师门，复乞取是编以归。

---

① 秋贡，即通过在秋季八月举行的乡试，获得了进京参加会试的资格。
② 赠诗纨，题有赠诗的纨扇。
③ 仆仆，奔走劳顿貌。
④ 会垣，省城，此处指杭州。
⑤ 同治壬戌年，即同治元年，公元1862年。
⑥ 明州，宁波的古称。
⑦ 边仲思，即边葆諴，字仲思，任丘（今属河北沧州）人。其时官宁波知府。
⑧ 长公，此处指边葆諴长子。云航，即边瀹慈，字云航。同治年间进士，曾官宝丰知县。
⑨ 同治辛未年，即同治十年，公元1871年。
⑩ 光绪辛巳年，即光绪七年，公元1881年。

今秋检自故箧，令奴子[①]线装一过。书不足重，感起人琴[②]，用赘简端，以告后之得是书者。光绪十三年[③]丁亥冬至日，芸台瑛书于堇庠寓斋。

边瀹慈

诗从元派[④]入门，故秀韵有余而雄直不足。集中长庆体[⑤]诸篇缘情比事，委宛详尽，尽足擅场。近体截句偶露锋颖，词累不免，至仿古乐府欲以真朴见长，而笔力脆薄，反是弃长用短，不如规橅昌谷、铁崖[⑥]，尚能粗得形似。即下之，犹不失为宋子虚、萨天锡[⑦]也。戊辰[⑧]正月三日，任丘边瀹慈手校并记。

顾廷龙[⑨]

丰华堂鬻剩书，将售于馆。连日得与主人杨见心先生复共案检

---

① 奴子，童仆。

② 据南朝宋刘义庆《世说新语·伤逝》："王子猷、子敬俱病笃，而子敬先亡……子敬素好琴，〔子猷〕便径入坐灵床上，取子敬琴弹。弦既不调，掷地云：'子敬子敬，人琴俱亡！'恸绝良久，月余亦卒。"后因以"人琴俱亡"为睹物思人，痛悼亡友之典。

③ 公元1887年。

④ 元派，唐代诗人元稹一脉。

⑤ 长庆体，唐代诗人元稹、白居易的诗体。元稹与白居易友善，诗歌风格相近，元有《元氏长庆集》，而白有《白氏长庆集》，皆成书于唐穆宗长庆年间，故称元白诗体为"长庆体"。

⑥ 规橅，即规模，亦作规摹，此处为模仿意。昌谷，唐代诗人李贺，字长吉，因曾居昌谷(今河南宜阳县西)，故称。铁崖，元末明初诗人杨维桢，字廉夫，号铁崖。

⑦ 宋子虚，即宋无，元代诗人，字子虚，一字晞颜。萨天锡，即萨都剌，元代诗人，字天锡，号直斋。

⑧ 同治戊辰年，即同治七年，公元1868年。

⑨ 顾廷龙，号起潜，现当代著名古籍版本学家、目录学家和书法家，中华人民共和国成立后曾任上海图书馆馆长、文化部国家文物鉴定委员会委员等职。

理，因知其当时凡购一书，板本不同，多寡略异，无不兼收并蓄，有资校勘之益甚大也。蔼卿所著《花天月地吟》《红心草》《息影庵初存诗》《息影庵集外诗》，主人皆备，而《初存诗》有两部，一与《集外诗》同为马瑛旧藏，并有长跋，纪昔日交谊甚详，可以小传视之，又经边瀹慈点校，亦有小跋。一为王景曾旧藏，校马本多序目、遗象。两者皆足珍留，而主人必以马本取回，因录存其跋于简端。主人藏书有特嗜，凡一人所著，其书品不一者，每喜截长补短以齐之。此本与马藏《集外诗》及它集适如同装，故不惜以马氏原藏分散之也。廿九年[1]十一月廿三日，廷龙识。

---

① 民国二十九年，公元1930年。

附录九　女士关秋芙传

黄金台[①]

今夫装梁家之堕马[②]，未解风骚；扫虢国之修蛾[③]，不工著述。[④]貌虽杏艳，心实蓬枯。否则李宫人金弹成词，或疑王建；[⑤]郭小玉萝茵得句，曾倩令晖。[⑥]亦不过谗鼎赝齐[⑦]，床刀捉魏[⑧]而已。若夫采兰有曲[⑨]，令娴少便多情；飞絮善吟[⑩]，道韫生而夙慧。无云不织，有月

---

①黄金台，清末浙江平湖人，字鹤楼，贡生。有《木鸡书屋诗文钞》《听鹂馆日识》等著作。此文著录于《木鸡书屋诗文钞》。

②梁家之堕马，即东汉大将军梁翼夫人孙寿的堕马髻。据《后汉书·梁翼传》，梁翼妻孙寿美貌妖娆，作愁眉、啼妆，梳堕马，折腰步，龋齿笑，以为媚态。

③虢国，即虢国夫人，唐玄宗杨贵妃的三姐。杨贵妃三姐妹均十分美貌。修蛾，修长的蛾眉。

④这两句是夸赞秋芙才貌双全，完全将只有美貌的孙寿和虢国夫人比了下去。

⑤李宫人，即李玉箫，前蜀后主王衍的宫女。李宫人金弹成词，即李玉箫所作《宫词》："元是我王金弹子，海棠花下打流莺。"或有人以为此诗为唐代诗人王建所作，故此处云"或疑王建"。

⑥倩，请。此句意为南北朝人郭小玉得"明月何皎皎，垂幌照罗茵"句后，请女诗人鲍令晖代为补完。

⑦谗鼎赝齐，语出自《韩非子·说林》："齐伐鲁，索谗鼎，鲁以其赝往。齐人曰：赝也。鲁人曰：真也。"后以谗鼎代指假冒之物。刻本"谗鼎"作"馋鼎"，误。

⑧床刀捉魏，语出自《世说新语·容止》："魏武将见匈奴使，自以形陋，不足雄远国，使崔季珪代，帝自捉刀立床头。既毕，令间谍问曰：'魏王何如？'匈奴使答曰：'魏王雅望非常，然床头捉刀人，此乃英雄也。'魏武闻之，追杀此使。"后以捉刀人指顶替人做事或作文的人。

⑨采兰有曲，指南朝梁女诗人刘令娴联句："落花扫仍合，聚兰摘复生。"

⑩飞絮善吟，指晋朝女诗人谢道韫联句："未若柳絮因风起。"

皆修。[①]则有如关秋芙女士，庶足播芬彤史[②]，擅誉墨林矣。

秋芙名锳，钱塘人。岁在癸卯，归蒋蔼卿茂才。蔼卿落笔摇岳，驱文作江，本金山玉海之才，著《月地花天》之集。当夫期占灵鹊，兆协飞凰；[③]丁筵定情，甲帐[④]并笑；得马伦[⑤]之佳偶，作鸿案[⑥]之良朋。百两[⑦]宜家，奏和声于南国；一灯佐读，成博议于东莱[⑧]。而秋芙书能拄腹[⑨]，慧不拾牙[⑩]。其为诗也，千回锦上之文，四角盘中之曲。雅音自奏，绿筠助其清声；华采欲飞，红杏几于失色。其为词也，托意芬芳，

---

① 指织云为布的织女，和在月宫中居住的嫦娥。

② 彤史，原指宫中掌记宫闱起居等事的女官，后亦用作对有才能的女子的美称。

③ 灵鹊，即喜鹊。飞凰，即凤凰。喜鹊和凤凰在古代均为祥瑞的征兆。

④ 甲帐，汉武帝所造帐幕。饰琉璃珠、夜光珠等珍宝者为甲帐，以居神；其次为乙帐，以自居。此处用作婚房的美称。

⑤ 马伦，据《中国历代人名大辞典》："马伦，东汉扶风茂陵人。马融女，汝南袁隗妻。少有才辩。初成礼，隗与论辩，不能屈。隗既宠贵当时，伦亦有名于世。"

⑥ 鸿案，东汉梁鸿家贫好学，不仕，与妻孟光隐居霸陵山中，以耕织为业。后避祸去吴，居人庑下，为人舂米。归家，孟光为之备食，举案齐眉。世传为嘉话。

⑦ 百两，《诗·召南·鹊巢》："维鹊有巢，维鸠居之，之子于归，百两御之。"毛传："百两，百乘也。诸侯之子嫁于诸侯，送御皆百乘。"此处指关蒋两家门当户对，夫妻和谐。

⑧ 指南宋著名理学家吕祖谦所著《东莱博议》。吕祖谦出身于东莱望族吕氏，故世称其"东莱先生"。

⑨ 拄腹，语出自宋代苏轼《试院煎茶》诗："不用撑肠拄腹文字五千卷，但愿一瓯常及睡足日高时。"后以撑肠拄腹形容满腹诗书。

⑩ 用"拾人牙慧"典。南朝宋刘义庆《世说新语·文学》："殷中军云：康伯未得我牙后慧。"后以"拾人牙慧"比喻拾取人家的一言半语当作自己的话。

寄情幽峭。乱蛩絮夕[①]，分其新愁；娇鸟啼晨，拾此残笑。时或石屋坐雨，段桥搴云；花攀马塍，泉煮龙井。[②]南湖采菱，偶赋远游；西溪看芦，每思偕隐。靡不洒来珠唾，写出瑶情。[③]山香之绮能描，水藻之妍自斫。此《三十六芙蓉存稿》所以传诵人寰也。

矧乃午夜抚琴，妙弹绿绮[④]；寅窗作字，惯写《黄庭》[⑤]。绘曹宗妇[⑥]之藕花，挥管夫人[⑦]之竹树；何画眉之多暇，俨着手以成春。加以雅慕净因[⑧]，独耽禅悦；明三种量[⑨]，习四阿含[⑩]。紫竹林中，皈木居

① 乱蛩，即蟋蟀杂乱的鸣叫声。絮，重复，使人厌烦。乱蛩絮夕，即傍晚时杂乱无章、使人厌烦的蟋蟀鸣叫声。

② 此句指杭州的四处名胜：烟霞岭石屋洞、西湖断桥、马塍花圃(今不存)、风篁岭龙井泉。

③ 珠唾，喻名言，佳作。瑶情，纯洁深挚的情意。

④ 绿绮，古琴名，相传为西汉著名文人司马相如所有。

⑤ 黄庭，即王羲之书法名帖《黄庭经》。

⑥ 曹宗妇，《宣和画谱》："宗妇曹氏，雅善丹青。所画皆非优柔软媚，取悦儿女子者。真若得于游览，见江湖山川间胜概，以集于毫端耳。"宋释道潜《观宗室曹夫人画》有"临平山下藕花洲"句。

⑦ 管夫人，即元朝女画家管道昇，大书法家赵孟頫妻子，善画竹子，今存《竹石图》一帧。

⑧ 净因，佛缘。

⑨ 三种量，即现量、比量、圣言量，指佛教之三种认识事物之准则。

⑩ 四阿含，即四部阿含经——《长阿含》《中阿含》《杂阿含》《增一阿含》，佛教原始经典。

士[①]；白莲座下，拜玉观音。誓断郇庖[②]之荤，长茹庾圃[③]之菜。香生猊榻[④]，福种鸡园[⑤]。方谓游纪西秦，王韫秀得偕元辅[⑥]；史修东观，曹大家克葆耆龄[⑦]。何图苦竹之心，未秋先瘁；香桃之骨，方春已瘽。愁看姊妹之花，尝遍君臣之药[⑧]。玉律不暖，金梭忽飞。如此聪明，偏教损寿；可知闺阃，端忌多才。卒于咸丰丁巳正月廿一日，年只三十有六。

蔼卿神凄白傅，梦断黄门。[⑨]镜挂双轮，依然映月；帘垂一桁，竟不成云。鹦鹉笼凋，鸳鸯印冷（秋芙曾镌鸳鸯印）。笑牵牛[⑩]于七

---

① 木居士，对木雕神像、佛像的戏称。

② 郇庖，即唐代郇国公韦陟家的厨房。据《新唐书·韦陟传》，其厨房中多山珍海味。

③ 庾圃，即南朝齐庾杲之家中之菜圃。据《南齐书·庾杲之传》，庾杲之家中清贫，食唯有韭菹、拧韭、生韭杂菜，人戏之曰："谁谓庾郎贫，食鲑常有二十七种。"

④ 猊榻，即猊座、狮子座，佛教语，谓佛、菩萨所坐之处。亦谓高僧之座。

⑤ 鸡园，又称鸡头摩寺、鸡头末寺、鸡雀寺、鸡寺等，佛教传说中的圣地。

⑥ 西秦，关中陕西一带秦之旧地，这里指唐朝都城长安。元辅，宰相，这里指元载。王韫秀是唐朝宰相元载之妻。元载未获功名之前，家境贫寒，住在岳父家中。他想去长安求取功名，赋《别妻王韫秀》诗赠妻，王韫秀亦回赠《同夫游秦》诗，劝其去长安游学。之后元载在长安平步青云，官至宰相。

⑦ 曹大家，即班昭，班彪之女，班固、班超之妹。嫁曹世叔，早寡，屡受召入宫，为皇后及诸贵人教师，故世称其为"曹大家"。班固修《汉书》，未竟而逝，班昭代兄入汉朝宫廷藏书阁东观，续修《汉书》。

⑧ 君臣之药，即君药和臣药，中医方剂学名词。此处泛指中药。

⑨ 白傅，唐诗人白居易代称，白晚年曾官太子少傅，故称。黄门，西晋诗人潘岳，潘岳在晋惠帝时曾任给事黄门侍郎职。白居易《赠内》诗有"生为同宗亲，死为同穴尘"之句，潘岳《悼亡》诗为文学史上悼念亡妻题材开先河之作。故以此二人比蒋坦。

⑩ 牵牛，即牵牛星，俗称牛郎星。传说七夕那天，牛郎与织女鹊桥相会。此处借指蒋坦。

夕，此生未卜他生（癸卯七月成婚）；叹走马于四门[①]，没日恰同诞日（生辰亦在正月廿一）。魂销别鹄[②]，鲜十万钱营奠之资；集著《愁鸾》，有八十首悼亡之什[③]。虽邦衡侍女[④]，官柳有情；平仲小姬，茜桃无恙[⑤]。而一念夫琼钗蝶化，宝瑟鸿离[⑥]；庑虚赁舂[⑦]，扃写韵人[⑧]。人归碧落，遥天之笙鹤[⑨]如闻；秋入红蕤，乐府之妃豨[⑩]谁和？有不泪流一斛，愁结千丝也乎！然而佳人命短，例自天成；幼妇才长，名非地没。倘随草腐，臻百岁而奚荣；解咏叶飞，纵七龄而不朽[⑪]。君宜作达[⑫]，休伤儿女子之私情；仆愧无文，为表君夫人之懿范。

---

① 用释迦牟尼四门游观典。《佛学大辞典》：“释尊为悉多太子时，游观四门，见生老病死四苦，深生厌世之心。见《本行集》经。”

② 别鹄，即离鸾别鹄，比喻分离的配偶。

③ 指《愁鸾集》中蒋坦所写的八十首悼亡诗。

④ 指南宋名臣胡铨与侍女黎倩的爱情故事。

⑤ 北宋名臣寇准，字平仲。茜桃，寇准的姬妾，颇有才气，有《呈寇公二首》诗传世。

⑥ 琼钗、宝瑟，均形容珍贵的人或物。化蝶、离鸿，古人常用以比喻离散或故去的亲友。

⑦ 据《后汉书·梁鸿传》：“（梁鸿）遂至吴，依大家皋伯通，居庑下，为人赁舂。每归，妻为具食，不敢于鸿前仰视，举案齐眉。”梁鸿是东汉隐士，其妻貌丑而贤，与梁鸿偕隐，夫妇和洽，举案齐眉。这里以庑虚赁舂指代蒋坦孤苦无依。

⑧ 扃写，闭门著述。韵人，雅人，此处指秋芙。

⑨ 笙鹤，刘向《列仙传》载周灵王太子喜吹笙作凤凰鸣。后为道士浮丘公接上嵩山。后以笙鹤指登仙。

⑩ 妃豨，即妃呼豨，古乐曲中的助声字，无义。

⑪ 据宋魏庆之《诗人玉屑》：“唐如意中，有女子七岁能诗，则天令赋之，皆应声而就。其兄别之，则天令作诗送尼，曰：‘别路云初起，离亭叶正飞。所嗟人异雁，不作一行归。’”

⑫ 作达，放达。此为黄金台劝蒋坦勿沉沦于悼亡之悲痛中。

附录十 《愁鸾集》蒋坦自序

丁巳正月廿一日，亡妇关孺人殁于外家[①]。喟息结轖[②]，情文俱穷。越三日，设灵于家。又一月，哀词成忆。孺人病中诗云："中夜揽明镜，愁此双青鸾。"[③]取以名集，志先谶也。先是，丙辰下春，蒙[④]游海上，孺人寝疾房室，愁心角枕[⑤]。又五月，外母来迎，乃浣归服[⑥]。于斯时也。瘁叶吟雨，哀蝉谢秋。登车鲜欢，掎裳撇涕[⑦]。窃谓旬别，无事呜咽；何期洊岁[⑧]，长谢簪履[⑨]。尘簟凄以竟床[⑩]，凉焰写彼独影。辽鹤不返[⑪]，穷鳏[⑫]可怜。世有洗马[⑬]，当知蒙痛。钱塘蒋坦记。

---

① 外家，泛指母亲和妻子的娘家。
② 喟息，叹息。结轖，将轖连结起来。比喻心中郁结不畅。轖，用皮革缠迭而成的车旁障蔽物。
③ 南朝宋范泰《鸾鸟诗序》载罽宾王获一鸾鸟，三年不鸣，临境后慨然悲鸣，一奋而绝。后以青鸾代指镜子，秋芙此处化用此典。
④ 蒙，自称谦辞，同愚。
⑤ 角枕，角制的或用角装饰的枕头。
⑥ 浣归服，洗归家的服装，借指做归娘家的准备。
⑦ 掎裳撇涕，牵着衣袖擦拭涕泪。
⑧ 洊岁，即荐岁，隔年。
⑨ 簪履，簪笄和鞋子。这里指相处多年的爱人。
⑩ 尘簟，蒙尘的竹席。以，语助词，无意。竟床，满床。
⑪ 用丁令威得道后化鹤归里典。据说唐代陶潜《搜神后记》，西汉辽东郡人丁令威得道成仙，化为仙鹤返回故里。这里指秋芙仙逝后，始终未归家一看。
⑫ 穷鳏，穷苦的鳏夫。鳏夫，丧偶的男人。
⑬ 洗马，古代官名，即太子洗马，晋代卫玠曾为太子洗马，此处蒋坦以卫玠自比，卫玠夫人乐氏早逝。

附录十一 《秋灯琐忆》赏鉴

我一直在想，爱情是什么？最后我似乎是想明白了，所谓爱情，既是相濡以沫，亦是相忘于江湖；既是长相厮守，亦是激情迸发的邂逅与离别。而蒋坦与秋芙的爱情，是相知相守的爱情，恰似我们很多普通人的爱情，岁月虽熬人，却无圆缺恨。

蒋家和关家世代姻亲，蒋坦与秋芙年岁相仿，从小便“两无嫌猜”。四五岁的时候，秋芙随父亲访蒋家。酒席之后，秋芙小姑娘家心思，贪吃甜品，将桌上的果脯偷偷收起，藏于手帕中，这恰好被蒋坦瞧见了。蒋坦劈头就把手帕夺去。秋芙气急跺脚：“这我要带回去吃，你不能吃！”蒋坦一看，更乐了，索性解下头巾绑住秋芙的手，道：“我绑住你了，你回不去了！”秋芙见蒋坦这般无赖，一屁股坐在地上，号啕大哭了起来。两家的大人全在边上，见到此情此景，不由得啼笑皆非。

岂料这一哭便哭出了一门姻缘，蒋坦和关家的家长见两人“打成一片”（其实只是蒋坦单方面的欺凌罢了），便请了酒席上的长者作为媒人，当场定下了这门娃娃亲。

小孩子不懂什么是喜欢，小蒋坦虽想亲近这个可爱的女娃子，可表现出来的却是霸道和欺侮。就像我们很多人在懵懵懂懂的时候，也不知如何表达和接受对方的爱意，只好以伪装和高傲将对方拒之于心防之外。所以说，有时候，其实父母之命，媒妁之言，也未尝是一件坏事，至少成就了蒋坦和秋芙的红线双牵。

成就了，你欺我一时，我守你一生。

蒋家和关家定婚后，因旧俗约束，蒋坦和秋芙在成婚前都不能再相见。曾记得少年时金榜题名，前往准岳丈家报喜，与秋芙不期而遇。惜巧笑嫣然，环佩声响，无复鸿影，只留下痴人怔怔相望的眼神。

蒋坦在对未婚妻的好奇和相思中度过了煎熬的十五年，其间有五次匆匆的一面之缘，都被蒋坦铭记于心。

结发那日，剪灯相见，蒋坦却觉得秋芙的酒窝不似记忆中那般丰满了。十五年如弹指一挥，一瞬之间，昔日的丽人便脱去了稚嫩的模样，添了几分长大后的忧愁。岁月催人老，少年安在哉？只可惜，没能守住你无忧无虑的笑靥，没能为你留住那最美好的童真。

恋人只恨相见晚，天公却笑痴情长。

蒋坦和秋芙成婚后，共有两处居所，一是西湖边的巢园，一是西溪槐眉山庄。西湖和西溪皆是杭城最耀眼的明珠，也是蒋坦和秋芙时常游历之所。

夏日夜，蒋坦和秋芙访九溪理安寺，在返回巢园的途中来到石屋洞。洞中，秋芙置琴于巨石之上，操《平沙落雁》之曲。滃然云气之中，琴声与涧水声协奏互答，蒋坦陶然捋须，秋芙漫抚丝弦，好一对神仙也似的眷侣。

人的这一辈子很漫长，但真正交心的朋友，却也就那么几个，如果真的能够遇到一个相伴一生的灵魂伴侣，那应该就是千万世修来的福气了。以色事人者，色衰则爱驰，对容颜的倾心不过刹那，心灵的交通才是永恒。

倘若你我霜鬓白眉，依旧能对坐相看两不厌，我想，这应该就是爱情本来的模样吧？

彼时俩人的生活算得上安逸闲适。蒋坦成了秀才后，数次赴考乡试，均铩羽而归。遂渐渐心生懒意，不求仕进，镇日宴集宾客，游山玩水，以诗酒自娱，以山水为乐，算得上散诞逍遥。当时他应未想到，十多年后，杭州这人间天堂竟会因兵燹而沦为地府炼狱，饿殍盈野，满目疮痍，而他和身边仅剩的一子一妾亦“冻饿而死”。

此是后话，且说蒋坦其时交游广泛，在杭城小负文名，但家境渐显困窘。钱塘县令伊少沂去职，蒋坦在家中为其设宴饯行，同在座的还有二十余名宾朋。众人畅饮正酣，仆从却告知蒋坦家中已无存酒。蒋坦询问秋芙，秋芙回道：“瓶罍罄矣。床头惟余数十钱，余脱玉钏换酒，酒家不辨真赝，今付质库，去市远，故未至耳。”家中已无银钱，秋芙不想蒋坦难堪，只好脱下手上的玉镯跟酒家换酒，酒家却担心玉镯作假，不肯将酒换予秋芙，秋芙只好又跑到当铺，换了银钱后再回来换酒。如此辗转曲折，故酒尚未至家中。

玉镯是秋芙的贴身之物，想必颇受主人喜爱，但为了丈夫不在贵客前失了脸面，也就这样当了。我喜欢你，所以我愿意为你付出，为你放弃，只要你懂我就好。

蒋坦自然是懂的，听完秋芙的话后，他想起了元稹的悼亡诗中的一句：“顾我无衣搜画箧，泥他沽酒拔金钗。”元稹在妻子去世后，忆起当初落魄之时，妻子见他无衣，为他卖了嫁妆；见他欲饮，为他当了发钗。这些妻子的缱绻爱意，白首时想来，还是历历在目。

共患难，同富贵，不知有多少朋友和情侣跌倒在这六个字上。古时有人见友人困顿，尽力救助，友人飞黄腾达后，他却避而远之。私以为此人沽名过甚，若贫贱可交，则富贵亦可交，反之亦然，何必因世易时移而改变了交友的初衷。爱情虽不同于友情，但真正的爱情也必不会因为物质的权衡而失去本心。

无论贫贱富贵，你我一直相待如初，可好?

秋芙绘了一幅抱琴立于月下的自画像，她将这幅画挂于卧室中，并在画前点上了一炷沉香。蒋坦问秋芙此举何故,秋芙只是含笑不语。

不久，秋芙要回娘家。临行之前，她对蒋坦戏言："夜窗孤寂，留以伴君，君当酬以瓣香。无扃置空房，令娥眉有秋风团扇悲也。"长夜寂寥，这幅画就留着与君相伴，以慰君相思之苦。君须日日点香答谢画像代我之功，切莫将其深锁空房，令画中女子有失宠之悲。

其实秋芙此话的最后一句，还有言外之意，即奉劝夫君别趁内人离家之际，日日在外鬼混，还是老实点在家待着吧！

此言戏谑有之,深情亦有之,比起悍妇离去时对丈夫的耳提面命，或温婉小妇人辞别时的哭啼貌，不知要可爱了多少。

时复一瓣香，忆君如眼前。

我觉得《秋灯琐忆》中有两则故事最能体现秋芙的性格。一是蒋坦一日读到《述异记》中的一则故事，一条沉睡之龙颔下之珠为虞人所夺，龙惊醒后发现宝珠不在了，含恨而死。寻常女子定会同情这沉睡之龙，而申斥夺人所爱的虞人，秋芙却说："这个过错在于龙自己。有宝物却不懂得好好地保护和珍惜，宝物被夺走了又不尽力夺还，徒徒以身相殉，这怎能称得上爱惜宝珠者？"

一是入秋后风雨连绵，一日蒋坦在他和秋芙共同手植的芭蕉叶上戏题断句："是谁多事种芭蕉，早也潇潇，晚也潇潇。"第二天，蒋坦见其后秋芙续题了一句："是君心绪太无聊，种了芭蕉，又怨芭蕉。"是哪个多事之人种下芭蕉，招来这连绵不绝的潇潇风雨？是你的心思太无聊了，自己种下了芭蕉，却又埋怨起芭蕉来。就这么简单的一句话，既缓和了丈夫的愁闷心绪，又劝解蒋坦不要太过执着于往日之事。

从这两则故事可以看出，秋芙本是一名刚强、自主、乐观的女子，然而多病的体质，和蒋家家道中落，又造成了她性格中多愁善感的一面。但她并未怨天尤人，而是希冀以修道学佛逃离这世间的苦海，抵达一个无病无灾、普天极乐的彼岸。她甚至劝蒋坦捐弃笔墨之娱，与她一起持戒吃斋，诚心学道。（秋芙《梦影廛词》自序："余学道十年，绮语之戒，誓不堕入。……余其去缑山笙鹤间乎，文字赘疣耳。蔼卿盍亦弃此而从我游也！"）

这或许可以被解读成对现实的一种逃避，但这在出于无奈的境况下，已是众多逃避途径中较为平和有效的一条。古代士人崇尚的隐逸之道，或与其相仿佛。

如若生活完美幸福，那人人都可以是神是佛，又何必寄求于那数十年的清苦修行，去成为那劳什子的神佛？！

一生几许伤心事，不向空门何处销？

秋芙罹患肺病多年，若天气寒冷必咳嗽不止。道光庚戌年，秋芙母亲病重，秋芙回娘家探视。不料不久后，秋芙亦病重，卧床三月不起。蒋坦遂至关家，和秋芙的妹妹关锜一起照顾秋芙。其间，蒋坦只要一返回杭州料理家事，秋芙就会马上派人把他叫回关家。

蒋坦到了关家，秋芙却不发一言，沉默以对。关锜问秋芙为何如此，秋芙回答："我病重若此，怕是命不久矣。我心中所牵挂的，只是害怕我死时夫君不在身侧，我无法与之诀别。如今他来了，我就可以放心离去了。"

六年后，咸丰丁巳年，秋芙旧疾复发，病入膏肓。五月，岳母在未告知蒋坦的情况，就擅作主张，将秋芙接回娘家养病。两人本以为只是暂时的别离，岂料这一去便是永别，半年多后，翌年正月二十一日，秋芙病逝于关家。她终究还是未能在风前残烛之际用爱人诀别！

三日后，得知妻子死讯的蒋坦在家设灵堂祭奠。

百日后，秋芙忌辰，蒋坦焚诗四首祭奠。其一末句云："此生心已死，不敢说多情。"是啊，连爱人最后一面都没见着，我蒋坦岂敢再自称多情？其一全首云："今日菖蒲酒，依然醉汝旁。人皆恋房室，吾独哭糟糠。自觉浮生苦，反嫌岁月长。别来今百日，愁病未离床。"全首四十字，字字朴实无华，但读之却一字一泣血，一字一锥心！

从蒋坦《愁鸾集》自序中可以得知，自秋芙回娘家后，蒋坦并未到关家探视，或者也可以这么说，蒋坦并未得到往关家探视秋芙的权力。这其中到底发生了什么？这故纸堆中并无片语说明，我们也无从得知。但是我猜想，这多半与蒋坦家境日益窘迫有关。

不如意事常八九，可与语人无二三。佳人去后我心死，一抔黄土撒九原。

绝大多数人，无法也无力改变他身处的这个时代，既然不愿随波逐流，那就要时刻做好被时代的洪流所淹没的准备。蒋坦，一介书生，百无一用，死则死矣，只是这千载之下，他的翰墨尚存，他与秋芙的故事或能再感动些许人。做人若能如此，亦当不枉了此生。